スーパーダッシュ

R.O.D
READ OR DIE
YOMIKO READMAN "THE PAPER"

第七巻

倉田英之
スタジオオルフェ

集英社スーパーダッシュ文庫

R.O.D　第七巻

CONTENTS

スーパーダッシュ

イラストレーション／羽音たらく

R.O.D
READ OR DIE
YOMIKO READMAN"THE PAPER"

——第七巻——

プロローグ

まずは自己紹介させていただきたい。

私は多大な智恵と深い感動を持つ物。

長き間に渡って書き連ねられ、あまたの人間の金銭と本棚《ほんだな》のスペースを奪ってきた。

イエス・キリストに関する疑惑と苦痛、それに関する愉快なエピソードを束ねた物は、中でも広く広く世界に散らばっていった。

実に安モーテルのデスクの引き出しの中にまで。


お会いできて光栄だ。私の名前を読んでほしい。

私の多さと複雑さに困惑しておられるのだろう。


グレートブリテン及び北部アイルランド連合王国にいた時。

私は変化を試みた。

魔法学校に通うメガネ小僧《こぞう》の話を自身に記したのも私だ。

午前〇時に書店の前に行列が作られ、エマ・ワトソン以外に見るところのない映像が作られ、新たな同胞《どうほう》が一億も増えた頃。
私は東洋の島国の店先のワゴンの上に並んでいた。

お会いできて光栄だ。私の名前を読んでほしい。
私の多さと複雑さに困惑しておられるのだろう。

自分たちの神を巡って、人々が諍《いさか》いを続けていた時。
私は紙の上からそれを眺めていた。
〝クック・ロビンを殺したのは誰だ？〟と叫んでもみた。
とどのつまり、あなたと私が原因なのだが。

どうか自己紹介させていただきたい。
私は多大な智恵と深い感動を持つ物。
グーテンベルクと赤川次郎《あかがわじろう》のおかげでこの国に広まった。
吟遊《ぎんゆう》詩人たちの取り分を奪ったのも私だ。

お会いできて光栄だ。私の名前を読んでほしい。

私の多さと複雑さに困惑しておられるのだろう。

すべての作家が犯罪者であるように。
すべての読者が聖者であるように。
すべての目次が奥付《おくづけ》であるように。
私をルイス・サイファーと読んでほしい。
私は自制しなければならない。
だから、書店で私を見つけた時は
多少の尊敬と多少の好意と品性《ひんせい》をもって接してほしい。
私の上に荷物を置くなどもってのほかだ。
ありったけの礼儀作法《さほう》で私に触れるのだ。
さもなくば、この世の書籍《しょせき》をすべてマイブックにしてくれるぞ。
お会いできて光栄だ。私の名前を読んでほしい。
私の多さと複雑さに困惑しておられるのだろう。

第一話　『紙福の日々』

世界のすべての場所と同じように、神保町《じんぼうちょう》にも朝が来る。

東京は神田《かんだ》、JR線御茶《おちゃ》の水《みず》――水道橋《すいどうばし》のわずか一駅《ひとえき》区間に位置するこの町は、自他共に認める世界最大の書店街だ。

その中心部、靖国《やすくに》通りと白山《はくさん》通りの交わる神保町交差点に立って周囲を見渡せば、果てしなく続く書店、古書店の看板に感銘《かんめい》を受けることだろう。

探していた本があり、見知らぬ本との出会いがある。

神保町は、本を愛する者にとっての楽園なのだ。


その楽園に、居《きょ》を構《かま》えている女がいる。

賑《にぎ》やかな書店街から、やや南に下った再開発地域。

極端に人気《ひとけ》の減った街並みの一角に、ひっそりと佇《たたず》む古びた雑居《ざっきょ》ビル。

四階建ての屋上に、プレハブのペントハウスが建っている。

注意して見ると、窓からわずかに見えるビルの中身は夥《おびただ》しい量の本と段ボール箱だ。およそ人の住めそうな環境は、このペントハウス以外に考えられない。

つまりは、このビルは巨大な本箱で、問題の女は自分の蔵書の上でごろごろと生活していることになる。

色気《いろけ》もへったくれもない、しかし、本好きとしては至福《しふく》のライフスタイルかもしれない。

さて、神保町にも朝は来る。

というよりも、もうかなり前から来ている。

本で半《なか》ば塞《ふさ》がれた窓から差し込む陽光も、既《すで》に明るくなっている。時計の針は午前一〇時を指そうか、といった位置だ。朝というより、昼に近い時間帯である。

プレハブの中を埋め尽くすのは、やはり本、本、本。

壁を覆《おお》う本棚《ほんだな》には限界まで本が詰め込まれ、その上にも本の入った段ボール箱が置かれている。天井まで、雑誌一冊の隙間《すきま》もないほどぎゅうぎゅうに本が積まれているのだ。

床に視線を落とせば、これまた本の海が広がっている。

いや、高くそびえ立っていることから言えば〝山脈〟か。

棚の収納力を越えた本は床へと置かれ、苔《こけ》が何百年もかかって丈《たけ》を伸ばすように、背を上へ上へと成長させている。

その中にぽつり、ぽつりと見える空間は、玄関から足を踏み入れて進む〝けもの道〟の役割を果たしている。

本の山脈の中で、雲のように浮かんでいるのはベッドだ。この部屋の中で、本棚以外の数少ない家具だ。奇妙なことに、シーツはあるが掛け布団らしきものは見あたらない。

ベッドの上には、だらりと女が寝そべっている。俯《うつぶ》せに、一本の棒のように。

「ふひははは〜〜〜〜〜〜〜〜〜〜」

女は腰をもぞもぞと動かし、笑いともため息ともつかない声を漏《も》らした。

「……『かくして、キャプテン・スターの孫にしてキャプテン・ダイナミックの息子、宇宙大魔王の甥《おい》でありながらシスター・テラの婚約者、七つの宇宙船レインボー1～7を自在《じざい》に操《あやつ》る銀河の救世主、ミスター・グローイングアップの異名《いみょう》と〝死神を泣かせる男〟の通り名で知られるザ・ブラックホーク・ズーランダーは宇宙大魔王ジュニアの魔手《ましゅ》から新太陽系再生銀河宙域7―3を守りぬいたのだった……。ありがとう、ズーランダー！　グッジョブ、ズーランダー！　人民の喝采《かっさい》が耳をくすぐる。だが、ズーランダーの戦いとムダ毛の処理に終わりはない。こうしている間にも、宇宙大魔王ジュニア・リローデッドの魔手は新太陽系再生銀河宙域7―4へと伸びているのだ。ズーランダーはしかし、最速の宇宙船レインボー3に向かいつつ、足を止めて振り向いた。その顔には笑顔兵器（スマイル・ウェポン）ナンバー3、クリスタルサンダーが浮かんでいる。そして彼はこう言った。〝お楽しみはこれからさ。みんな、ウキウキしようぜ！〟　おわり』……」

最後のページを読みあげて、女――読子《よみこ》・リードマンはばっふりと、枕に顔を埋める。

「お～わ～っ～た～……」

読後の達成感とか満足感とか、そういう類《たぐい》の感情は聞き取れない。疲労の呻《うめ》きがなによりも色濃く滲《にじ》み出ている。

表向きは高校の非常勤教師、裏の世界では大英図書館《だいえいとしょかん》特殊工作部の雇《やと》われエージェントという肩書きを持つ彼女には、無類の読書家、愛書狂《ビブリオマニア》という側面がある。

仕事や任務がない期間、読子はこの神保町でひたすら本を買い、それを読んで日常を過ごしているのだ。他のことは一切《いっさい》しない。彼女にとっては、本こそが人生そのものなのだから。

四日前。

本を求めて神保町をふらふらと徘徊《はいかい》していた読子は、驚くべき本に巡りあった。

アメリカの人気スペース・オペラ、『ズーランダー・サーガ』。そのシリーズ全一〇〇巻が一挙刊行されたのである。

このシリーズは、オハイオに住む兼業農夫作家のリック・ファーレンが趣味で書き始めたものなのだが、科学知識皆無《かいむ》の設定と「ヒーローが光線銃と宇宙船とハンサム顔を武器にして、宇宙征服を企《たくら》む悪党を倒す」というプリミティブな物語が一部で熱狂的に支持され、スマッシュ・ヒットを記録してしまったのだ。

天然か計算か区別しにくいオフビートの文体に、農業用語を頻繁《ひんぱん》に取り入れた描写《びょうしゃ》。そしてサブカルチャーからの多大な引用は、他国では受け入れられにくいと判断されたのか、本国以外で出版されたのは日本が初めてだった。

それにしても、全一〇〇巻の一挙刊行とは出版史に残る快挙である。あるいは暴挙かもしれないが。

読子の〝本好き〟の血は、書店の一角を覆《おお》った毒々しいカバー絵に鋭く反応した。表紙はどれも、主人公であるズーランダーの顔だった。間違い探しのように並ぶその顔は、一見するとどれも同じだ。ただその背後が宇宙であったり異次元であったり怪物の体内であったりと、微妙な違いを見せている。

『宇宙セスナ墜落《ついらく》を阻止《そし》せよ』『潜入！　焼きピザ多重次元で会おう！』『恋兵器熔解《ようかい》！　ときめき爆発三〇〇秒前！』などのタイトルからは、翻訳者《ほんやくしゃ》の困惑と葛藤《かっとう》が見てとれる。

読子はよくも悪くも目立ちすぎているこのシリーズを、見つけて即座に購入した。直《ただ》ちにレジに走りより、「すいません、あそこのシリーズ、全巻ください」と宣言したのだ。

シリーズ作品を買うパターンは、二つに大別できる。

刊行している全巻をまとめて買う、あるいはとりあえず最初の一巻を買い、読み、その面白さで次以降も買うかを判断する、という二つだ。

大概《たいがい》は後者である。経済的にもリスクは少ないし、そのシリーズがつまらなかった場合の損害は段違いに軽減《けいげん》される。

だが、読子個人は圧倒的に前者なのだ。それが未知のシリーズであろうが、何冊刊行されていようが、すべて買わなければ気がすまないのだ。

読子は小学生の頃に、スティーブン・キングの『ファイアスターター』と村上龍《むらかみりゅう》の『コインロッカー・ベイビーズ』の上巻のみを買ったことがある。両作とも上下巻の二冊組であるが、前述した〝試し買い〟をしてみたのだ。

両作とも、上巻を読み終えたのは夜だった。そして読子は、本屋が開店する午前一〇時まで、続きを読みたくてのたうちまわって苦しんだのである。

下巻の内容をあれこれ考え、一睡《いっすい》もできなかった。それはまさに悪夢の一夜だった。

「あれをもう一度繰り返すのなら、危険を冒しても全部買ったほうがマシです。だってある本は読めるけど、ない本は読めないじゃないですか！」

当たり前すぎる真実が、読子の行動を後押しする。

かくして読子は、一〇〇冊の本を自室に運びこんだのだった。これが四日前のことだ。

「さて……」

新しく築いた本の山を前に、読子は腕を組んだ。

これは衝動買いの類《たぐい》である。つまり、彼女の中でこのシリーズを読もうというテンションはおそらく今が最高値《ち》なのである。

本は衝動買いをしやすい商品だ。書店でふと湧いた興味や知識欲で買った本を、家に帰るなり本棚《ほんだな》に突っ込んでそのまま忘れ去る、という経験は誰もがしている。

読子でさえも、未だページを開いてない本が蔵書の何パーセントか、ある。一度に大量に購入した際、それを読み切る前に次の〝より興味を惹《ひ》かれる本〟を買ってしまうため、残ったぶんが後回しになってしまうのだ。

そんな悲劇を繰り返してはならない。

読子はこの『ズーランダー・サーガ』を、一挙に読み切る覚悟を決めていた。

幸いというかなんというか、非常勤教師の仕事もエージェントとしての依頼もない。無職の女として、時間だけはやたらにあるのだ。

読子はベッドの上に正座し、取り上げたシリーズ第一巻、『チーズ化する宇宙の悲鳴！　ギニャー！』に深々と頭を下げた。

「読子・リードマン。ふつつか者ながら、読ませていただきます……」

そして彼女の、一〇〇時間近くに及ぶ読むマラソンが始まったのだ。


一冊平均一時間弱、というペースは、普段の彼女から考えれば遅い。しかしそれはあくまで平均である。ただ寝っ転がってページをめくるだけとはいえ、時間が経過すれば睡眠不足になる。体力も消耗《しょうもう》する。理解力も落ち、集中力も無くなっていく。

「なら寝ればいいじゃん」と人は言うだろう。だが、一度「読み通す！」と立てた誓《ちか》いは自分に対する意地となり、休むことなくページをめくらせた。

気がつけば時は過ぎ、日は沈み、また昇っていた。読子は排泄《はいせつ》以外のすべての時間を読むことに費《つい》やした。食事は、冷蔵庫の中にあったゼリーとちくわで読みながらすませた。

読子は、よほどのことがない限り、読み始めた本は最後まで読むことにしている。本は最後の一ページまで、なにが起こるかわからないのだ。

『ズーランダー・サーガ』は、オハイオの農場にUFOが不時着《ふじちゃく》した場面で幕を開け、それを発見した農夫のベン・ズーランダーがヒーローに任命された後、地球、太陽系、銀河系、裏銀河系、過去の銀河系、未来の銀河系、暗黒銀河系、新太陽系といった舞台でベンの息子やそのまた息子にまで続く一大活躍叙事詩《じょじし》へと広がっていった。

一〇〇冊に渡るスペース・オペラを〝完読〟した読子は、本物のフルマラソン以上の疲労を全身に感じていた。

「お〜〜〜ひ〜〜〜〜は〜〜〜〜〜」

頭の中で、小説の中で何十回と繰り返されたズーランダーの決め台詞《ぜりふ》、「みんな、ウキウキしようぜ！」が飛び交っている。経験はないが、ドラッグ・ハイに近い精神の浮遊感《ふゆう》がある。

読子は、まる四日に渡る死闘の末につかんだ本作の感想を、どうにか頭の中から絞《しぼ》り出した。

「むー……疲れましたぁ〜……」

作者が聞いたら脱力するだろう。とにかくこの読書法には問題がある。正しい判断は、休息の後に内容を反芻《はんすう》してから下《くだ》すべきだ。

「よいしょっ……と」

読子は手をつき、ベッドから上体を起こした。途端《とたん》に、世界が大きく傾く。

「うおおっ……」

バランスを失った彼女は、ベッドの外へと転がり落ちる。その上に、不当な判定に異《い》を唱える『ズーランダー・サーガ』の一〜九九巻が崩《くず》れてくる。

「わあああぁ〜〜〜っ！」

その全身を、まったく同じ顔のカバー絵が隠した。読子は四五巻と七巻の間から手をのばし、しばらくじたばたともがいていたが、

「ぷっ……ふぁぁっ！」

どうにか本をかきわけて、生還した。

「し、死ぬかと思いましたが……」

睡眠不足と空腹が、予想以上に体力を奪っているようだ。本に埋もれて死にたい、とはたまに口にする言葉だが、今がその時とは思いたくない。

読子は呼吸を整え、改めて部屋の中を見渡した。下半身は『ズーランダー・サーガ』に埋もれたままだ。傍《はた》から見れば、本の畑から生えているように見える。

視界の九割以上が本の表紙と背表紙である。見慣れた、愛《いと》おしい光景ではあるが、それ以外の部分が明らかに減少している事実は如何《いかん》ともし難《がた》い。

数センチ単位の空間を惜《お》しみ、完璧《かんぺき》に積み上げられた本。マチュ・ピチュの遺跡はカミソリの一枚も間に入らないほど石が組まれているが、蔵書家の本棚《ほんだな》もそれに匹敵《ひってき》する。多種多様に大きさの異なる本を、如何《いか》に効率的に本棚に収容するかは彼らにとって永遠のテーマなのだ。

とはいえ、あと一年もしない間に、この部屋が本で埋まるのは容易に予測できた。

「うーん……そろそろココも限界かなぁ……」

同様のことを繰り返し、上の階へ上の階へと、そしてついに屋上まで追い詰められた読子である。さすがにもう逃げ場はないことも知っている。

読子は今そこに見え始めた危機を、大きな欠伸《あくび》で打ち消した。

「……ひと眠りして、考えましょう」

明らかな逃避《とうひ》である。が、睡眠不足が限界まできている頭では、どのみちいいアイデアも浮

かぼうはずもない。

読子はのそのそとベッドに上がり、数日前の日付がついた新聞紙で身体《からだ》を覆《おお》った。かけ布団《ぶとん》もあるにはあるのだが、もうずっと前に本の海に飲み込まれて消息《しょうそく》不明になっている。わざわざ探し出すのも面倒だし、新聞のシーツはいくらでも取り替えがきく。ついでに言えば、洗濯《せんたく》の必要もない。

「ふひゃー……」

仰向《あおむ》けになると、すぐに瞼《まぶた》が下がってきた。

部屋の中は、陽光のやわらかい明かりで満ちている。思わず、自由業の素晴らしさを噛《か》みしめてしまう読子である。

意識がまどろみ始める。

ついさっきまで読んでいた『ズーランダー・サーガ』の登場人物が頭の中でポルカを踊っていた。ポルカはズーランダーの特技なのだ。

睡眠欲の呼び声に、読子が意識を委《ゆだ》ねようとした時……。

「おいーっす!」

勢いよく、というよりも乱暴にプレハブのドアが開けられた。

暴風雨のような勢いで、元女子高生作家の菫川《すみれがわ》ねねが入ってきた。

その足取りの後ろで、脱ぎ捨てられたクツが宙を舞う。小さなバスケットを小脇に抱えたねねは、一瞬たりともスピードを落とすことなく、読子の室内に上がりこんだ。

すっかり慣れたステップで、本の柱の間にできたけもの道を踏み、踊るようにベッドの傍《かたわ》らまでたどりついた。

読子は一ミリも口を開いていないのだが、

「声が小さいーっ！　もう一度ーっ！」

ねねねは大声で新聞紙をはぎ取り、肌ツヤのいい顔でずいっと迫った。

「おいーっす！」

その勢いに、身をすくめて縮こまっていた読子は、どうにか小さく手をあげて答える。

「お、おいーっす……」

真っ白な歯を見せて笑ったねねねは、片手で読子の肩を摑《つか》み、ぐいっと引き起こした。

「いつまで寝てんだ、とっとと起きろーっ！」

知らない仲ではないものの、戸惑うばかりの傍若無人《ぼうじゃくぶじん》ぶりである。

まだ微睡《まどろ》みが頭に残っている読子は、頭をぐいんぐいんと揺らしながら口を開いた。

「い、いえあの……先生。私、今から寝るトコでして……これから夢の中へ、夢の中へと行ってみたいと思っていた次第で……」

ぼやけた口調の反対意見を、ねねねはばっさりと斬《き》り捨てる。

「あんだとぉ!?　今何時だと思ってるんだ！」

傍《かたわ》らの目覚まし時計をわし摑《づか》みにし、文字盤を読子に突き出す。タイミングよく針は午前一〇時を指し、ジリリリリとけたたましい音が鳴った。

「ほら見れっ！　メザマシくんも起きろ起きろと啼《な》いている！」

「ち、違うです。それは昨日の夜にしかけたもので」

昨夜、どうにも眠気が強まった時に、「寝ちゃったら、目覚ましで起きてまた続きを読みましょう」とセットしたのだ。幸いなことに、全巻をどうにか最後まで読み切ることができたが。

ねねねは鳴り響く目覚ましの音を止め、ひらひらと手を振った。

「聞こえないです。目覚ましが鳴ったら起きる。これ、コンクリート・ジャングルの常識！」

握り拳《こぶし》を突きだし、そのままふっ、はっ、と息を吹いて怪しげなカンフーのポーズを取る。

いつのまにかバスケットは積み重なった本のテーブルに置かれていた。

「わが原稿に一片の悔いなし!!」

読子は、自分と対照的に、やたらとエネルギーがあふれているねねねをベッドの上からじとっと見つめる。

「先生……、なんか、テンションが高いですね」

ねねねは振り向きざま、人差し指を読子に向けた。

「むふふ。わかるかね？　読子くん」

「ええ、必要以上に……」

これでわからないほうがどうかしている。ねねねが入ってから、室温までわずかに上がったような気がする。

「なにかいいことでもあったのですか?」

　読子としては、そう訊《たず》ねるしかない。一方、ねねねはその質問を待っていた、といわんばかりに大きく手を開いた。

「聞いて喜べ！　私は昨日の夜、締切《しめきり》という名の牢獄《ろうごく》から解放されたのよ！」

　声も高らかに宣言する。陽光の入る窓に向かって、頭の斜め上を仰《あお》ぎながら。それはまるで、ショーシャンク刑務所からの脱獄《だつごく》に成功したアンディー・デュフレーンのようだ。

　どうやら月刊小説誌の連載用原稿を、昨夜入稿《にゅうこう》したらしい。

「今の私は自由なパピヨン！　ああ、世界人類〝も〟私の次に幸せでありますように！」

　瞳まで輝かせるその喜びようは、いささかオーバーにとられるかもしれないが、原稿を書き終えた作家のテンションは常人《じょうじん》が呆《あき》れるほどに上がるものなのだ。

「はあ……それで、ここ一週間ばかし静かだったのですね」

　ねねねは、かつて読子に命を救われて以来、高校を休学してまで周りにつきまとっている。読子の素性《すじょう》に好奇心を刺激されて、というのが理由であるが、八歳も年長のこの相手に、他では感じえないシンパシーも持っているのだろう。

　ともあれ、ねねねは週に二、三度この読子ビルまで出向き、読子をからかったり読子の読書のジャマをしたり読子の頬《ほお》をこねまわして遊んだりしていた。

　そのねねねが一週間もやって来なかったことに、読子はようやく気がついたのだった。なるほど、だから読書もジャマが入らずに進んだのか……。

ねねねは、なぜかふふんと鼻で息をつき、読子に言ってのける。

「本以外に友だちのいないミス・ロンリネス。あたしの留守《るす》中、寂しい思いをさせたわね」

しかし読子はしれっと返答した。

「いえ、寂しくは。今の今まで気がつきませんでしたから……」

なにしろ『ズーランダー・サーガ』を読み進めるのに必死だったのだ。

「むっかー。なにそれ⁉　みんなのトモダチねねねちゃんのいない孤独によくまあ耐えられたもんねっつってんのよ⁉」

「ええ、意外にあっさりと」

こくこく首を振って頷《うなず》く読子である。

「許せない！　せっかく作ってきたコイツはオアズケだ！」

ねねねはバスケットを頭上に掲《かか》げ、頭の上にちょこんと乗せた。

注意をバスケットに向けると、読子の鼻孔《びこう》をかぐわしい匂《にお》いがくすぐった。

「くんくん……なんだかいい匂いがしてますね」

思わず鼻を鳴らしてしまう読子だが、今さらそれをはしたないと注意する人物は、この部屋にはいない。

「中身はなんだと思う？　当てた人にはプレゼント」

挑発するような目で、ねねねが読子を見る。

読子の嗅覚《きゆうかく》は人並み外れている。それはもっぱら本の鑑定などの折に発揮されるのだが。調《ちよう》香師《こうし》にでもなっていれば、さぞかし優秀だったろう。

「さあさあ、その犬なみの鼻と牛なみの胸を使って当ててみれ」

「先生、胸のことばっか言うのはセクハラですよう」

重なるねねねの軽口に、さすがに読子も口を尖《とが》らせる。

「なによっ！　女どうしの可愛《かわい》いシュークリームトークじゃないの！」

「可愛い、ですかねぇ。先生、最近、男らしさが日ごとに増量してるじゃないですか」

確かにねねねの言動は、一七歳女子のそれとは思えない。ざっくばらんで、あけすけで、無意味に勢いがありすぎるのだ。外観につられて寄ってきた男子も、その烈《はげ》しさに後込《しりご》みすることだろう。

しかも本人は、それを訂正《ていせい》する気などまったくないらしい。

「この不況《ふきょう》ニッポンで、上昇線を描いてんだから感謝しろっ！　だいたい今の世の中、私より乱暴な女子高生なんか掃《は》いて捨てて再利用するぐらいおるわっ！　さあバスケットの中身、当てるや？　当てざるや!?」

読子の指摘を勢いで乗り切り、ねねねは頭のバスケットをわさわさと揺すった。

読子は目を閉じ、鼻をくすくすとかすかに鳴らす。

「これは……サンドイッチじゃないですか？　チキンとレタス、あとトマトにタマゴですね。……あ、珍しい。何枚かは、フレンチにしてますね」

あまりに的確な指摘に、ねねねの目が丸くなる。

「うわ、大当たり！　なんでわかったの？」

「はぁ、先生のサシイレはサンドイッチとクッキーとお汁粉《しるこ》しかバリエーションがありませんので」

つまりは三択《さんたく》である。お汁粉をバスケットに入れてくる者はいない。クッキーとサンドイッチを嗅《か》ぎわければいいのだ。

「気づかれていたか！」

ねねねが悔しそうに指を鳴らした。

「……毎度いただいておいてアレですが、他に料理のバリエーションってないんですか？」

読子の問いかけに、今度はねねねが口を尖《とが》らせる。

「今ドキ独り暮らしの女の子が、料理するってだけでも世界遺産モノよ。いいじゃない、得意料理が三つあれば、週に二回ずつローテーションが組めるし」

「一日余ってしまいますが」

「む。その一日は断食《だんじき》。ダイエットよ！」

そう言い切るねねねだが、実際の一日を迎えれば、コンビニかファミレスか宅配ピザに走るであろうことは火を見るより明らかだ。

「サンドイッチとクッキーはなんとなくわかるんですが。女の子っぽいし。だけどお汁粉はなぜ得意料理のメニューに入ってるんですか？」

この際とばかりに問う読子に、なぜかねねねは威張って答える。

「小学校の調理実習ン時に作ったのよ。あとで男子に食べさせたけど、ウチの班で作ったお汁粉が一番、被害者が少なかったのよ！」

何度かねねねのお汁粉を口にしたことがある読子は、今さらながらうえ、と舌を出す。

「……それって、自慢していいことなんでしょうか」

「その晩、ウチで作ったら、父さんは今までになかった笑顔を見せたっけ」

遠い目をして宙を見るねねねである。彼女の頭には、今はアメリカに住む父親の、血涙《けつるい》を浮かべた笑顔が蘇《よみがえ》っていた。

「……先生。それで雑誌のインタビューで、『特技は料理です。えへっ』と答えるのはやや誇《こ》大《だい》広告のような気も」

しつこく食い下がる読子を、ねねねは大声で一喝《いっかつ》する。

「年齢サバ読んでライトノベル書いてる○○や○○よりずっとマシだっ！」

ねねねは、プロフィール上なら〝同級生〟であるはずの知り合い作家の実名を上げた。衝撃を隠せないままに読子がねねねの口を塞《ふさ》ぐ。

「危険発言です、先生」

二人になると、ねねねは完全に駄々《だだ》っ子《こ》になる。これがベストセラーリストの常連作家とは思えないほど子供っぽい。そのエネルギーに押し切られ、読子はいつも彼女のオモチャにされてしまうのだ。まあ、好きな作家のストレス解消になっているのなら……と、最近は諦観《ていかん》すら感じている。

「そんなわけだから遅めの朝食としゃれこみましょう」

ねねねはいそいそと、サンドイッチを本の寄り固まったテーブルの上に置いていく。

「いえ、先生……ですから私、これからおやすみしようかと……」

「ちょっとぐらい寝なくても、人間死にゃしないって」

自らも徹夜慣れしているねねねだが、読子と自分の年齢差《ねんれいさ》はどうやら計算に入れていないようだ。

「……睡眠不足はお肌の大敵です」

「普段からお肌なんて気にしてないじゃん。もうすっかり曲がり角も曲がりきってるくせに」

とってつけたような読子の言い分を、ねねねはデリカシーのない、しかし的《まと》を射《い》た答えであっさり打破《だは》する。

「……寝る前に食べると、太っちゃいますから」

「先生が太ったって、世界人類八〇億の誰一人も気にしないわよ」

気の置けない間柄《あいだがら》とはいえ、ねねねの返答は言葉の暴力、というより虐殺《ぎゃくさつ》に近い。

しかし本のテーブルに置かれたサンドイッチは、確かに読子の食欲を刺激した。ここ数日、食事らしい食事はなに一つ取っていなかったのだ。

読子は小さく咳払《せきばら》いし、

「……でもまあ、先生の好意を無下《むげ》にするのもアレなので……」

ベッドから脚を降ろして、サンドイッチに向き直った。

「最初から素直になりゃいいのに。ベイベー」

ねねねは持参したポットから、紙コップに紅茶を注いでいる。荒っぽい言動に反して準備がいい。ただこれは、読子の家には本以外、ロクなモノが無いと知っているからだ。最初にこの部屋に来た時、ティーバッグの箱に書かれた値段を見て、思わず口中の紅茶を吹き出した。その値段には、消費税が表示されていなかったからだ。幸い大事は無かったが、いったい何年前のシロモノかと、考えるだけでもおそろしい。

サシイレを持ってくるのも、食事に無頓着《むとんちゃく》な読子の健康を気遣って、という部分もあるにはある。確かにバリエーションは増やさなければならないが。

「いただきまーす」

読子は幼稚園児のように手をあわせて拝《おが》み、チキンサンドに手を伸ばした。

だがその時。

「!? ちょっと待ったぁっ！」

ねねねがそれを遮《さえぎ》った。

「な、なんですか？」

思わず手を引っ込めた読子に、今度はねねねがくんくんと鼻を鳴らしながら迫る。

「先生？」

「くんくん。くんかくんか……」

ねねねの鼻は読子の顔に、首すじに、そして胸もとに、触れんばかりに這《は》い回る。

至近距離《しきん》で息を吹きかけられ、読子は〝こそばゆさ〟に身をすくめた。

「うひゃっ。せんせいっ。なにを……」

ねねねは眉《まゆ》をしかめ、読子から顔を離して冷たく呟《つぶや》いた。

「……あんた、におうよ」

ミもフタもないねねねの指摘に、読子は思わず身を反《そ》り返らせる。

「!? いっいっ、いきなり、なんですかっ」

「いや、言葉のとおり」

ハイテンションが落ち着いて、改めて五感が再起動したらしい。ねねねは鼻の前で手のひらをハタハタと振る。

読子は服の袖《そで》を自分の鼻に近づけ、くんくんと嗅《か》いでみた。

「においませんよぉ、…………………………そんなに……」

人間、自分の体臭には気づきにくいものだ。それでも確かに、空気の奥にはナマ甘い香りの微粒子《びりゅうし》が漂っていた。

「最後にフロ入ったの、いつよ?」

「えーと……」

ねねねの問いに、読子は宙を見ながら、指を折って数え始める。

「この四日はずっと読んでたからぁ……その前はぁ……」

「…………………………」

カウントが右手の指から左へと移行した時、思わずねねねはそれを止めてしまった。

「すとっぷ！　読子くん！」

「なんですかぁ」

目を閉じ、大きく頭を横に振るねねねだ。

「もういいっ。言わなくていいっ」

「聞いたの、先生じゃないですかぁ……」

「いや。知りたいことはとっくにわかった。要するに、あんたは一刻も早く入浴する必要があるということだっ」

ねねねの断定口調に、読子が顔をしかめた。

「えーっ。なんでですかぁっ」

「それが女としての、最低のたしなみよっ。人間としての最後の砦《とりで》よっ！」

説教じみたトーンが気に障《さわ》ったか、読子は視線を逸《そ》らせて返答する。

「おフロに入らなくても、人間死にはしません」

不精者《ぶしょうもの》は必ずこの言い訳を使う。しかしこの言葉を使った時、人は品位と人格面において死んだも同然なのだ。

幼稚な反論に、思わずねねねも顔をしかめる。

「なら、本だってそうじゃん。本読まなくたって死にはしないし」

その言葉が終わる前に、読子が猛然とねねねに向き直った。

「死にます！　絶対に！」

本日初の剣幕《けんまく》に、ねねねはついたじろいでしまう。

「な、なんで？」

「なんでかはわからないけど、死ぬんです！　絶対に！」

メガネを光らせ、ずずいと顔を寄せてくる。これぱっかりは、相手がねねねでも譲《ゆず》らない、といった勢いである。

「……それはまあ、今度あんたをモルモットに実験してみるとして……とにかく問題はおフロよ、おフロ」

ねねねは冷静に会話を元の方角に戻した。途端《とたん》に読子の剣幕が萎《しぼ》んでいく。

「おフロですかぁ……」

その顔はどことなく憂鬱《ゆううつ》そうだ。サンドイッチを手に取るが、食欲を充実させる喜びも見受けられない。

「食べたらすぐに入るのよ。問答無用。いいわねっ」

こんな時は、ねねねのほうが年上のような態度になる。実際、読子は日常生活において時折ひどいアンバランスな面を見せる。そんな時のフォローは、ねねねの役目なのだ。

「でも……」

「なぁに？　あたしの親切心になにか反抗するところがあるっての？」

読子はレタスをもふもふと口に運びながら、首を振った。

「いえ、私自身は特に……しかし状況がそれを許さないかと」

　スローな喋《しゃべ》りに、もってまわった言い回し。読子という人間の性質を知っていなければ、さぞや苛《いら》つくことだろう。

「むー、どういう意味？　詳しく説明してみ」

「はぁ。銭湯《せんとう》が、三時からでないと開かないので」

　その答えは、珍しく簡潔だった。

「銭湯？　先生、銭湯通いなの？」

「ええ。ここ半年ぐらいは」

　ねねねは知っている。プレハブの一角に、ユニットバスのスペースがあったはずだ。

「なんで？　ここ、おフロあるでしょ？」

「奥のほうにありますが……お湯が出なくなったんで、今はもっぱら本箱として利用しております」

「水道局に電話しなさいよ、んなもん」

「そうなんですけどねぇ～……」

　読子のような種の人間は、その電話一本が、とてつもなく面倒に思えるのだ。

「下の部屋に、シャワーとかついてないの？」

「あるんですけど。でも、よく考えたらそれって一つあればいいじゃないですか。私一人しか住んでないんだから。だから、ここに上ってきた時に、他のシャワールームは全部、本で埋めちゃったんですよ。今からかたづけるのもたいへんだし……」

食事ばかりか生活面でも無頓着《むとんちゃく》な読子に、ねねねは拳《こぶし》を震わせる。

「うう、この三年負け組読子先生が……人という字は支え合ってできてるというのに」

「入るという字も同じですが。そう思うと、急にありがたみがなくなりますね」

にへら、とした笑いを浮かべる読子には、深刻さのカケラも見えない。

「話の腰を揉《も》むなっ。……で、それからずっと銭湯《せんとう》通いをしてたワケ?」

「はい。でもアソコにはアソコのルールがあるんですね。最初は湯舟で文庫本を読もうとして、怒られちゃいました」

「当たりまえだっ」

洗面器に本を山盛りにした読子を想像し、ねねねはうんざりとした気分になる。

「耐水紙《たいすいし》だったんですけどねぇ」

「そういう問題じゃないだろ」

「だから二回目からは、こっそり隠して持ちこみました」

「どこにだよ」

それには答えず、読子が続ける。

「それで、読んでたらあっというまにノボせちゃって……銭湯のお湯って、どうしてあんなに熱いんでしょうか」

「知らんですが」

的《まと》はずれな会話に、ねねねの口調もどことなく投げやりになってきた。読子のほうはといえば、サンドイッチを食べ終わって眠気がぶり返したらしく、大きく口を開けて欠伸《あくび》をする。

「……とにかくそういうワケで、三時までは先生のご期待にお応《こた》えできないのです。どうもすみません」

ねねねは時計を見る。一〇時を少しまわったところだ。

「あと五時間近くあるじゃないの」

「それまで、私は一休みさせていただきますので。どうぞ先生も、ご自由におくつろぎください。そのへんにある本、お読みいただいて結構ですから」

「こんな散らかった部屋でくつろげるかっ」

確かに本の表紙を見ているだけで、五時間や六時間はあっというまに過ぎそうではあるが。そんな非活動的時間は、ねねねには耐えられない。

「お外で遊んでくるのもいいですよ。子供は風の子です」

「うわ、季節感無視も甚《はなは》だしい。だいたいそんな言葉が出るのは年寄りの証拠よ」

ストレートな表現に、読子が口をへの字形に曲げる。

「…………………じゃあまあ、ご自由に」

読子は改めてベッドに上がり、ガサガサと新聞紙をかぶって寝る態勢をとる。

「……前から思ってたんだけど。布団ぐらい買いなさいよ。なんかホームレスみたいよ」

「こっちのほうが便利です。記事読みながら寝られるし、見かけ以上にあったかいし。……知ってますか、求人欄《らん》は文字が多いから他より温《ぬく》いんですよ」

「んなわけあるかっ」

ねねねは腕を組み、考え込む。入浴に関するやり取りは読子側の主張が通ってしまった。自分が負けたような空気が、非常に気に入らない。

「むー……」

そのまましばらく考えていたが、やがて立ち上がって表へと出ていく。読子はまどろみながら、ドアの閉まる音を聞いていた。

「うう——……面談即決。未経験者歓迎。日払可。もちろん怪しい仕事です……」

求人欄の文面を読みながら、眠りの国の扉を開く。その入口では、またも『ズーランダー・サーガ』のキャラクターたちが、手をつないで踊っていた。

「♪おいでよおいでよ　ダメ人間の世界へ♪　真っ昼間《まぴるま》に寝てられる　ダメ人間の世界へ♪　通勤ラッシュなんて知らないよ　銭湯《せんとう》だって一番ブロ♪　保証はなんにもないけれど　開き直ればそこそこ楽だよ♪　楽しいな楽しいな♪　ダメ人間の世界♪」

勤労意欲を逆撫《さかな》でする歌だが、なぜか読子の心に強烈に訴えかけてくる。その調べに思わずひきこまれそうになった時。

「グッドアイデーア！　さえてるぜ、ねねねちゃんの知恵袋！」

外に出ていたねねねが戻ってきた。『無責任シリーズ』に出演した植木等《うえきひとし》のスチール写真のように両手と片足を上げたポーズを取り、またも部屋に上がり込む。

「ほら起きれ目覚めれよみがえれ立ちあがれ燃えあがれ！」

勢いのままに新聞紙をひき剝《は》がし、読子をわさわさと揺さぶってくる。

「もぉぉうっ……なんですかぁっ……」

(元)女子高生のパワーに、ズーランダーたちが散《ち》り散《ぢ》りに逃げていく。まどろみを強引に奪われて、さすがに読子の言葉にも不愉快な微粒子《びりゅうし》が混じり始めた。

「いいもん見つけた！　外に出るんだ、さぁっ！」

しかしねねねは、そんな微粒子など完全に無視し、強引に読子の手を引っ張っていく。

「いやあぁぁ〰〰〰〰〰」

弱々しい悲鳴を上げながら、読子はなす術《すべ》もなくひきずられていった。ドカドカと本の山を崩《くず》しながら。


プレハブの外。つまりビルの屋上に誇らしげに置かれていたのは、まごうことなきドラム缶だった。工場の隅《すみ》に転がっているようなシロモノだ。

「どこにあったんですか、これ……」

読子が首をかしげる。

「プレハブの裏に。あんたのウチでしょ。なんで知らないの」

本と本棚《ほんだな》以外には、極端に無関心な読子である。実際の話、知らない間に下のフロアーに誰かが住みついていても気づかないだろう。

「前のオーナーが残していったんですかねぇ。……でも、これをどうするんですか？」

ねねねは腕を組み、胸に一物《いちもつ》を抱えて不敵に笑った。

「ビルの屋上。プレハブ。そしてドラム缶、そしてフロに入ってない女……これだけアイテムが揃《そろ》えば、やることは一つよ……」

びしっと、人差し指で読子を指して言い切る。

「ここから入浴シーン！」


プレハブの裏から、コンクリートブロックも見つかった。黒い焼け焦《こ》げがあるのを見ると、どうやら本当に前のオーナーもドラム缶ブロとして使っていたのかもしれない。

ねねねはブロックの上にドラム缶を乗っけて、その下にできた空間に壊れた本棚の木板や古新聞などをつっこんだ。

後はホースで水を入れ、キッチンのマッチで火を点《つ》ける。

「ちゃららら〜ららっ、ら〜♪」

生まれる前に放送されたTVドラマのテーマを口ずさみながら、結構な肉体労働をこなしていく。それなりにこのイベントが楽しいらしい。

準備が整い、なみなみと注がれた水がどうやら入れそうな湯加減になった頃には、もう太陽もかなり頭上にのぼっていた。

ねねねは湯に腕をつっこみ、温度を計った。

「んー、いいぐあい。こっちの準備はオッケーよっ」

上機嫌でプレハブの入口に声をかける。わずか数センチ開いたドアから、弱々しい返事が聞こえてきた。

「ほ、本当にやるんですかぁ……？」

ドアをのろのろと開き、読子が顔を出す。恥ずかしさに赤くなった顔だけを。

「ここまで働かせといて、なにを今さら」

火もパチパチと音をたてる。ドラム缶の底板《そこいた》が熱くなるので、キッチンから持ってきたトレイを湯の中に沈めた。この上に立てば火傷《やけど》はしない。

「頼んだわけじゃないんですが……」

読子は慎重に周囲を見まわしている。彼女の角度から見えるのは向かいの通りのビルだけだが、その窓一つ一つに人の顔が無いかをチェックしていく。

「本当に、誰も見てませんかぁ？」

ねねねは、読子から死角になる側面と後方のビルを調べる。周囲のほうが、読子のビルより高い。しかしその側面はほとんど壁で、明かり取りか通風用の小さな窓があるだけだ。人の姿は見受けられない。

「だいじょーぶだって。まだまだみんな、お仕事の真っ最中よ」

「いいんでしょうかぁ……」

「あたしが許す！　どかんと来いっ！」

「先生に許されても……」

煮え切らない読子の態度に、ねねねは次第に苛《いら》ついてきた。勝手といえば勝手だが。

「もったいつけとらんと、さっさとこんかーい！」

すっかり女の子らしさを放棄《ほうき》した口調で、読子の腕を摑《つか》んでひっぱる。

「あひゃあ〜〜〜〜〜〜〜〜……！」

ドアから外へ、ととと、と読子がまろび出た。無駄《むだ》に豊満な身体《からだ》をバスタオル一枚で覆《おお》っただけの姿である。

よろけた動きでタオルがズレ落ちそうになり、慌《あわ》てて押さえる。

「うーん、ハレンチなヤツ……」

ねねねは顎《あご》に指を当て、しげしげとそのボディーラインを見つめる。読子は真っ赤になって、タオルの上から胸を隠した。

「先生が脱げって言ったんじゃないですかっ」

「そりゃ、服着てフロはいるヤツがどこにいる？　フロに入る時は人間みんなはだかんぼうバンザイよ」

「それはそうですが……」

ねねね以外の視線がないとはいえ、屋上でタオル一枚になるのは初めての経験だ。羞恥心《しゅうちしん》の混じった刺激に、読子の動悸《どうき》は速まっていた。

「い、いけません先生、これは……」

「なにがっちゅーねん」

「……新しい刺激に目覚めそうです……」

どこまで本気なのか。読子のつぶやきにねねねがツッコミを入れる。腰を軽く蹴《け》っ飛ばして、ドラム缶のほうに向かわせる。

「気色《きしょく》悪いこと言ってないで、さっさと入れっ」

「あややっ」

読子はドラム缶の前で立ち止まった。缶の縁《ふち》にはタオルがかけられ、横にはバスタオルをひっかける洋服かけが準備されている。細かい気配りだ。

「………………」

視線を感じて、読子が振り向く。後ろから、ねねねがじーっと見つめている。

「……先生、あっち向いててください……」

「なんで？　いいじゃん、女どうしなんだし」

「いえ、親しき仲にも礼儀《れいぎ》あり、ですから」

ねねねは、ことさらに爽《さわ》やかな口調で笑った。

「いやだなぁ、ボクにはそんなシュミはないってば」

なぜか口調までボーイッシュになっていた。

「………………」

「………………」

二人は、しばし無言で睨《にら》みあった。妥協《だきょう》の線を引いたのは、ねねねのほうだった。

「……わかったって。こっち向いてるからさっさと入りぃ」

聞こえないように小さく舌打ちし、ねねねは読子に背を向ける。

「おそれいります……ぶぇっくしゅ」

勢いのないクシャミが口を出た。もうすぐ夏とはいえ、タオルだけでビルの屋上では、少し肌寒いものがある。

読子は念のためにもう一度、周囲のビルを見渡して、人影らしきものが無いのを確かめて、バスタオルを洋服かけにひっかけた。

そして、ドラム缶いっぱいの湯の中に、身体《からだ》を沈めていく。

ずざば、とあふれた湯が屋上の床に落ち、音をたてた。

ねねねが背を向けたまま、聞いてくる。

「もういいかーい」

「いいですよう～……」

ねねねが振り向いた時には、読子はもう首まで湯につかり、悦楽《えつらく》の表情を浮かべていた。当然のごとく、メガネはかけたままだ。

「うわあぁ～～～～～……いいキモチですぅ～～～」

うっとりとした声をあげる。不精者《ぶしょうもの》でも、入浴の魔力には勝てないようだ。日本人としての血がそうさせるのだろうか。

ねねねがドラム缶の前に戻ってくる。

「湯加減は、どぉ?」

「サイコーですぅ〰〰〰」

裏返った声で頷《うなず》く。ビルの屋上とはいえ、野外。そこで入浴という大胆《だいたん》な行動からくる緊張も、どうやら一時撤《てっ》退《たい》したようだ。

苦労の甲斐《かい》あった、とねねねも満足げに頷いた。

「にしても……あんた、フロでもメガネ外さないのね」

読子のメガネが、恋人がらみの曰《いわ》く付きだということはねねねも知っている。

「あ、ご心配なく。耐水《たいすい》、耐曇《たいくも》りの特別製ですから」

少し自慢するような口調で読子が笑う。なるほど、湯気が顔を覆《おお》っても、メガネのレンズには曇り一つない。

「いや、心配はしないけど……」

ねねねはブロックを積んだ踏み台に乗り、お湯の中を覗《のぞ》きこんだ。急に黙った彼女に、読子が首をかしげる。

「なんですか?」

「……前から思ってたんだけど。あんたのドコにイギリスの血が入ってるのかと」

「はぁ。すみません」

黒髪に童顔の読子は、日英《にちえい》のハーフと思えないほど外国人的要素が見えない。

だがしかし、ねねねの視線は湯の中にぽっこりと浮かぶ胸をとらえていた。

「そこだったのねぇ。さすが大英帝国の血統」

「あ、あまり見ないでくださいぃ……」

ねねねの視線に気づいた読子は、胸を手で隠して、口まで湯の中に沈んだ。

「むうう。神様は不公平。なんでこんな人生終わり気味な丸出《まるで》だめ子に、こんな立派なモノを……適材適所の意味を教えてやりたいっ！」

一所懸命《いっしょけんめい》に準備をしたのも、読子のこれを確認したかったからではないか？　そう疑いたくなるようなねねねの態度であった。

「……先生、なんか分単位でオヤジに近づいてますよ」

読子は水面ぎりぎりの口から、ぶくぶくと泡《あわ》をたてて反論する。

「そもそも、英国人は父のほうですから。この胸の遺伝子は、どちらかというと純正埼玉県人の母ではないかと……」

「そうか。意外とやるな、ニッポンの巨乳業界も」

見直した、と言わんロ調でねねねが納得する。他に聞く者がいないとはいえ、くだらなさすぎる会話だ。

「さてと。ソープとシャンプーとトリートメント持ってくるから、きちんとカラダの隅々《すみずみ》まで洗うこと」

「おそれいります」

入浴用具を取りに行こうとするねねねに、読子は素直に頭を下げた。

「あたしはちょっと、洗濯物《せんたくもの》をクリーニングに持っていくからね」

読子の脱いだシャツやスカートのことだ。彼女の着ている服は大英図書館の支給品で、プレハブの中には同じものが何着《ちゃく》も揃《そろ》っている。

なんだかんだと言っても、ねねねには面倒見のいい部分がある。姉御肌《あねごはだ》、とでもいうのだろうか。早くから自立していることが関係しているのかもしれない。

プレハブの入口に向かう彼女に、読子が声をかけた。

「すみません、それとなにか本を、持ってきてもらえますか?」

「本? そこでまで読むの?」

銭湯《せんとう》でのエピソードを聞いたとはいえ、バスタブで本を読んだことのないねねねには、読子の注文はなかなか理解し難《がた》い。

「読みませんか、先生は」

「だって、紙が濡れるじゃないの!」

「濡れないように読めばいいんですよ! おフロで本読むのって、すっごく楽しいんですよ! ぜひ一度お試しを」

読子はドラム缶の縁《ふち》に手をかけて、熱っぽく主張する。いつ何時《なんどき》、いかなる場所でも本を求めるのは彼女の性分《しょうぶん》だが。

風呂場《ふろば》で本を読む者は意外と多い。浴槽《よくそう》の蓋《ふた》をテーブル代わりにして、ドリンクなどを口にしながら思わぬ長風呂、読書時間を楽しむ者もいる。湿気《しっけ》は確かに本の大敵だが、換気に気を配れば不可能ではない。

　ねねねは半《なか》ば呆《あき》れながらも、目についたノベルスと入浴用具一式を持ってきた。洗面器からちょこんと顔を出す本の一角が、読子にとっては愛《いと》おしい。

　ドラム缶から手を突きだしておねだりする読子に、ひょいと渡す。

「ほれ。あんまり長風呂にならんようにね」

「ありがとうございます」

　もう片方の手に持った、紙袋を見せる。中には先刻読子が脱いだシャツが入っていた。

「クリーニングに出してくるから。忘れずに取りに行くのよ」

「なにからなにまですみません」

　急襲を受け、睡眠を妨害《ぼうがい》されている状況ではあるが、ここまで快適な環境を用意されると、素直な感謝が口を出る。

「あんまりお湯が熱くなるとアレだから、火はもう消しとくよ。冷めちゃわないうちに洗って、あがるように」

「気をつけます」

　ねねねはドラム缶の湯をすくって、ばちゃばちゃと火にひっかけた。火勢《かせい》はたちまち小さくなる。それを確認し、ねねねは屋上の出口へと消えた。

「いってらっしゃ〜い……」

屋上に一人、『うちの読子拾ってください』のように取り残された彼女だが、あまり不安は湧《わ》いてこない。

見上げれば、神田の空は夏を前にして高く、青い。

その下で湯に浸《つ》かりながら本を読む、という行為が、なにかとてつもない贅沢《ぜいたく》のように思えてきた。

「あ〜……なんか、こういうのも新鮮ですねぇ……」

読子は単行本のページを開いた。タイトルは『桜園失踪事件《さくらのそのしっそう》』。少し前に買ったミステリーで、幸いなことに未読だ。

「いいのかなぁ、こんな幸せで……」

読子は心地《ここち》よい湯を楽しみながら、ページをめくっていく。

あまりの気持ちよさに眠気がぶり返してくるかと思いきや、その波は波頭《はとう》を過ぎたようで、読書に集中することができた。

しばらくの時間が過ぎた。『桜園失踪事件』も半分を読み切った頃である。

読子は、自分を覆《おお》う違和感に気づいた。

「…………………?」

肌をちくちくと湯が刺してくる。温度が上がっているのだ。

「え？　なんで？」

出がけにねねねが火を消していったはずである。湯の温度が上がることはありえない。

読子はおそるおそる、縁《ふち》から顔を出して下を見た。

「あれっ！　あれーっ!?」

火はすっかり元の勢いを取り戻していた。いや、前よりわずかだが大きくなっていた。どうやら奥に火種《ひだね》が残っていたらしい。

この環境は捨てがたいが、お湯は明らかに快適のレベルを越えつつある。

「とにかく、出ましょう……」

気がつけば本ばっかり読んで、身体《からだ》を洗うのを忘れていた。ねねねが帰ってきたら注意されるかもしれない。いや、一旦外に出て火を消せば……。

「うわっ!?」

急いでドラム缶から出ようとした読子は、バスタオルをひっかけた洋服かけに手をのばし、それを倒してしまった。

「うそっ!?」

床に落ちたタオルは、おりしも吹いた風に吹かれて屋上の隅《すみ》へと追いやられる。

「こっ、これがマーフィーの法則っ!?」

懐かしいフレーズが口を出るのは、困惑している証拠だ。

「ど、どうしましょう。どうすれば、どうする時、どうしてこんなことに……」

読子が運命を呪い始めている間にも、温度はじわじわと上がりつつある。肌を刺す感覚も、鋭角《えいかく》なものから炙《あぶ》るような熱さに変わっていた。

「一気に脱出する、しかっ……」

プレハブの入口まで距離を計る。せいぜい数メートルといったところだ。しかし全裸《ぜんら》で走り抜けるには、やはり抵抗がある。

かといって、ねねねが戻ってくるまでこの熱さに耐えられるだろうか？

「せっ、先生～っ！　なにやってるんですかぁ～っ！」

答える者はいない。神田の空は青いままで、ピンチの読子を見ているだけだ。

「ああっ、困りましたぁ～っ……」

追い詰められた読子は、思わず天を仰《あお》いだ。

「！」

その視界の片隅《かたすみ》に、とんでもないものが映った。隣のビルにある小窓に、一瞬人の顔が見えたような気がしたのだ。

「うそっ……」

見間違いかもしれない。確証はない。しかし、そうでないとも言いきれない。

あの窓の向こうに、誰かがいるとしたら……。ビルの屋上でドラム缶の風呂《ふろ》に浸《つ》かっている酔狂《すいきょう》な女を見つけたとしたら……。

「い、いつから……」

いつから見ていたのか。いや、その問題はとりあえず後回しだ。見物人がいる可能性が生まれた以上、全裸《ぜんら》で飛び出すわけにはいかない。

あまりにも、恥ずかしすぎるではないか！

読子は突然、少年向けのライトなお色香《いろか》マンガに放り込まれたような気分になった。

「あうっ、あうう〜」

頬《ほお》が赤くなった。羞恥《しゅうち》と、もはやバラエティー番組の罰《ばつ》ゲームなみに上昇した湯の温度のせいである。

読子は先日の、巨大本屋での死闘とはまた違ったピンチに直面していた。いや、あっちのほうがまだマシだった。あっちは命の危険だけだったのだから。こっちは命の危険に、恥ずかしさがプラスされているのだ。

もうはっきりと熱い、と断言できる湯の中で、読子はしきりに身をくねらせる。

「こっ……このままではっ……、読子の甘辛煮《あまからに》ができてしまいます」

どのへんが甘いのか。そしてどのへんが辛いのか。追い詰められた読子は、徐々に錯乱《さくらん》しつつあった。

のぼせてぼやける視界で、ビルの窓が揺れて見える。そこには人がいるような、いないような……。

こんな状況に至っても、手に単行本を握っているのは我ながら凄《すご》いと思った。

「……………………！」

その時。読子の頭に脱出のアイデアが閃《ひらめ》いた。

「ぬぬっ……ううう〰〰〰……」

額《ひたい》を脂汗《あぶらあせ》が伝って落ちるのは、熱さと苦悩のせいである。読子はじっと、手の単行本を見つめた。

「ごめんなさい……でも、きっと後で読みますからっ！」

既に身体《からだ》は限界まで火照《ほて》っている。もう数秒もこのまま留《とど》まれば、意識まで失いそうだ。

「……………………………えーいっ！」

かけ声と共に、読子は『桜園失踪事件』のページに手をかけた。

何十ページかを一気に破って、宙に散らす。

ビルの屋上にヒラヒラと、白い紙片が舞った。

と同時に、ドラム缶の縁《ふち》に手をかけて身体《からだ》を引き上げる。急な動きでくらっ、と意識が乱れたが、どうにか外へ飛び出した。

赤くなった身体に、紙片が貼り付いてくる。胸と腰を中心に、覆《おお》い隠すように。

濡れた紙片の上には他のそれが重なり、強度を上げて露出度を下げる。

床に着地する頃には、ページが読子の身体を覆っていた。紙でできた全身タイツ、といったところか。これはこれで恥ずかしいが、全裸《ぜんら》よりはずっとマシである。

「うわあぁ〰〰〰……」

ゴール直前の長距離走者のように、右に左にふらつきながら、プレハブへと向かっていく。その後ろで、足でもひっかかったのだろうか、傾いたドラム缶が盛大な音をたてて倒れた。あ

ふれるお湯は、皮肉にも火を消した。今度は完全に。

ミイラ女のごとき姿になった読子は、どうにかプレハブの玄関にたどりつき、

「先生の、ばかぁ〰〰〰……」

本の上に倒れた。

白い紙に覆われた全身に比べて、彼女の顔は赤く赤く火照《ほて》っていた。


「ただーい、まー……」

ねねねが戻ってきたのは、マジシャンも同情する読子の脱出行から十数分後だった。

「ドラム缶倒れてるよ。なんかあった……」

部屋を覗《のぞ》きこんだねねねは、読子が流し台で髪を洗っていることに気がつく。

「なにしてんの？」

「聞かないでください。今は説明したくありません」

いつもの大英図書館の制服を着込んだ彼女は、わっしゃわっしゃと長い髪を力まかせに洗っている。

視線を横に動かすと、部屋に貼られたロープに、何十枚もの紙片が洗濯《せんたく》バサミやクリップで止められている。

「これは？」

「乾かしてるんです。後で読むから」

心底《しんそこ》疲れたような、読子の口調だった。

「……ま、いいけど。クリーニング屋の受け取り券、ここに置いとくから。ちゃんと取りに行くのよ」

ねねねはチケットを、本のテーブルに置いた。

読子は水道で髪の泡《あわ》を流し落とし、タオルでぐしぐしとかきまぜた。

「はぁ、そのうち……先生、なんか遅かったですね?」

タオルの間から、じっとりとした視線でねねねを見る。お風呂《ふろ》上がりのくせになぜ爽《さわ》やかでないんだ、とねねねはつい抗議しそうになった。

「ちょっと、本屋に行ってた。……でもダメね。探したんだけど見つからなくて」

読子はベッドに腰掛けて、ごろりと横に倒れる。

「なにか、お探しですか?」

「次回作の資料をね。芸能関係と、児童虐待《ぎゃくたい》の資料本を探してるんだけど。いいのがなくって。だいたいこの町、本屋も本も多すぎるのよっ」

「神保町ですから……」

読子の反論には元気がない。よく考えれば理屈《りくつ》もないが。

「やっぱ、こんな時こそあいつの出番。こんな時しか頼れない、ミス・スペシャリスト!」

「誰ですか、それ……」

ねねねはどことなく投げやりな読子に近づき、肩にぽんと手を置いた。

「ええっ！」

無言でうんうんと頷《うなず》く。説明は不用だろう、と語りかける眼差《まなざ》しで。

「いえ、あのっ。私そろそろ限界で……。先生の留守《るす》にもいろいろあって！　お風呂が熱かったりタオルが飛んじゃったりでいやーんまいっちんぐとか！　疲れも全然取れてなくて！」

ねねねは慈《いつく》しむような顔で、きっぱりと言った。

「安心すれ。あんたは本の虫。本の奴隷《どれい》。本屋に行けば元気になる！」

読子は口をつぐんでしまった。

自分でも、ちょっとそんな気がしてしまったからだ。

そんな一瞬のスキをつき、ねねねがぐいっと読子を立ち上がらせる。

「さあ！　私を本屋につれてって！」

部屋の隅《すみ》で、『桜園失踪事件』のページが一枚、はらりと落ちた。O・ヘンリーの『最後の一葉』のように。

ボクサーは、リングの上が一番輝いて見える。

野球選手なら、当然グラウンドだ。料理人なら厨房《ちゅうぼう》だろうし、指揮者《しきしゃ》は指揮台、将棋指《しょうぎさ》しは将棋台の前、船乗りは船の上、ファッションモデルはステージで、王様はやっぱり玉座《ぎょくざ》だろう。

それはつまり、そこが彼らのホームグラウンドだからだ。持ちうる能力を最大限に発揮する場所だからだ。

高校の非常勤教師、英国のエージェントという肩書きを持つ読子・リードマンであるが、彼女にとってその場所は、やはり書店なのだった。

「うああ〜〜〜〜〜〜〜〜〜……」

その新刊大型書店に入るなり、読子はそんな声を漏《も》らした。同行しているねねねのみならず、平台《ひらだい》を眺めていた客もわずかに驚いて彼女を見る。

「本が、いっぱいぃ……」

入口に立ったまま、感動の声をあげる。

瞳は宝石から削《けず》りだしたように輝き、洗いざらしだった黒髪は艶《つや》に光り始める。頰《ほお》は桃色に染まり、唇は新鮮な果実のごとく瑞々《みずみず》しい。

非常に理解し難《がた》い種のオーラが、全身から放たれていた。

清潔だが質素な、大英図書館のコート姿。男ものの黒フチメガネに化粧気《けしょうけ》のまるでない顔。街頭《がいとう》では決して目立たないその外観が、ここ——書店というフィールドでは美の女神に変わる。多少誇張《こちょう》しすぎだろうか。

彼女を引っ張ってきたねねねも、思わず後ずさってしまった。

ビルの階段を降りる頃は、まだぐずぐずと不平を言っていた読子だが、その脚が地上に近づくにつれ——つまりは本屋に近づくにつれて、明らかにテンションが変質していった。より高く、より強く。

予防注射を前にした子供のようだった表情は、バースデイパーティを控えた少女のそれになった。心底から浮かんでくる喜びが抑えきれない、という風に。

「いっぱいって……自分チだって、いっぱいいっぱいあるじゃない」

「だってこっちは、まだ読んでない本のほうが多いんですもの〰〰〰」

とろけそうな、見ようによっては淫蕩《いんとう》ささえ感じさせる笑顔が浮かぶ。ただ者ではない空気をかぎ取って、平台《ひらだい》の前の客が場所を移った。痩《や》せたハイエナが、オオカミに獲物《えもの》を譲《ゆず》るように。

新刊書店特有の、新しい紙の匂《にお》いが鼻孔《びこう》をくすぐる。書店に入ると用を足したくなる、という人がいるが、幸いに読子にはその癖《くせ》はない。書店という環境に、身体《からだ》が完璧《かんぺき》に順応《じゅんのう》しているのだろう。

「あはっ♪　あはっ♪　考えてみれば四日ぶり♪　どんな本が出てるかなぁ」

明らかに浮かれた、いや浮かれすぎた口調である。

「五分前とはエラい違いだな、おい……」

ねねねがじっとりとした目で読子を見上げた。無理矢理連れてきたのは自分だが、ここまで態度が豹変《ひょうへん》するとどこか腑《ふ》に落ちないものがある。

睡眠不足は、ある段階を越えると疲労や意識の混濁《こんだく》が消え、逆に異様な精神の高揚《こうよう》を引き出すことがある。気分が盛り上がり、理由もなく楽しくなり、感覚さえも研《と》ぎ澄まされる。〝ナチュラル・ハイ〟と呼ばれるものだ。

そこへ、この四日間書店に行かなかった、という事実が複合され、読子を一際《ひときわ》高いテンションへと押し上げたのだろう。

「さあ行きましょう先生、青い鳥はすぐそこですよ～」

るんらるんらと踊るようなステップで、読子は平台へと向かっていった。

「ちょっとぉ。あたしの資料本を探しにきたんだかんね。後でちゃんと教えてよ」

一方が浮かれれば、残る一方は冷静にならざるをえない。両方ボケとツッコミができる漫才《まんざい》コンビのような二人であった。

平台は、書店の顔である。

それなりの広さがある書店なら、たいていは入口のど真ん前に新刊、あるいは話題の書籍を積んだ平台を設置している。

入店した客の注意を、まずここで惹《ひ》きつけるのだ。

それはしかし、ただ新しい本、売れている本を積み重ねればいい、という単純なものではない。

今、日本では年間六万七千点の新刊書籍が発行されている。一日平均一八三点の新しい本が、出版されているのだ。

無論、その全てが書店に入荷されるわけではない。書店のスペースは有限なのだ。

各出版社の営業、前評判、仕入れ担当者の判断という様々なフィルターをくぐり抜け、生存競争に勝ち残った者だけが、書店の門をくぐるのである。

その中で、更に平台《ひらだい》の上に積まれるのは本当にごく一部だ。

だから、平台を担当する書店員は考えに考え、悩みに悩み、そして決断する。「今日は、どんな本を並べるか？」ということを。

他書店の売上げリスト、流通の出荷リスト、インターネットの評判、客の注文、メディアの話題性、時事性、有名人関連、自身の勘《かん》、客層からくる嗜好《しこう》……あらゆる要素が判断にからんでくる。

朝の新聞で作家が死んだ、という記事を読めば急遽追悼《きゅうきょついとう》コーナーを設置する。情報番組で〝納豆《なっとう》〟が取り上げられた翌日は、〝納豆〟がタイトルに表記された関連書を残らず並べる。

出版社のブックフェアーに特設スペースを作り、大ベストセラーはその一冊のみをバベルの塔《とう》のように積み上げ、購買意欲を煽《あお》る。

平台は生きている。毎日、異なる本でその貌《かお》を化粧《けしょう》する。

それは時に運命の出会いを演出し、空虚《くうきょ》な時間を知的活動へと変える魔性《ましょう》の女なのだ。

そして本の愛好家はヒマさえあれば、いや、多忙《たぼう》の合間のわずかな時でさえも「その貌を見たい」と本屋に吸い寄せられるのだ。

「あ。ドビンズの新刊が出てますぅ～」

読子は平台の一角を占《し》めた、翻訳《ほんやく》小説を手に取った。

『神童《しんどう》たち』と題されたその本は、一時代に肩を並べた作家や音楽家、学者に建築家が集《つど》ったサロンを舞台にしたミステリーである。

『謎《なぞ》を解くのは、どの才能か？』という惹句《じゃっく》が帯に大きく印刷されている。

読子はカバーの折り返し部分で物語の概要《がいよう》を見て、手にしているその本の下にあった一冊を取った。最初に取った本は、積み上げられた塔の一番上に戻す。この間五秒。

「買うの？」

「はい」

「なんかずいぶん早く決めるのね」

「私、本に関しては悩まないんです」

手にした本を買うか買わないいか。それを決める理由は人それぞれに違う。

欲しい、という欲求度。値段からくる経済的事情。蔵書が多い人は「置くスペースが無い」と買い控《ひか》えする。

しかし読子・リードマンはそのすべての束縛《そくばく》を自ら外してしまっている。

もちろん、そういった事情に囚《とら》われていた時期もあった。

だが、ある日彼女は気づいたのだ。

一度その本を欲しいと思う。なんらかの事情であきらめる。家に帰って悶々《もんもん》とその本のことを考える。結局我慢できなくなり、買いに行く。

そんな行動を何度も何度も繰り返している自分に！

つまり自分は、こと本に関する以上辛抱《しんぼう》や我慢ができない。どんな理由があろうと、最後には買ってしまうのだ。ならば、悩んでいる時間だけ損ではないか！

一冊につき一分悩んだとして、一〇〇冊で一〇〇分。結果が同じなら、その時間を読書に費《つい》やしたほうがずっと人生は充実するし、なにより楽しい！

その真実に開眼《かいがん》して以来、読子は書店で悩むことが無くなった。立ち読みをする時間も極端に減った。

「偉大なる師父、ブルース・リーも言ってます。『考えるな、感じるんだ！』」

著名なアクションスターの遺《のこ》した言葉に、己《おのれ》の理論を都合よく当てはめる読子だ。

「それって、つまり衝動買いじゃないの？」

読子より人生経験が八年短いねねねでも、その理屈があまりにも〝自分に優しい〟ことに気づいてしまう。

「衝動ですらありません。もう反射行動に近いですね」

しかし、当の読子は悪びれることなくしれっと述べる。彼女の哲学は、本に関する限りどんな逆風でも揺るがない。

それにしても、反射とは……。

「本の虫、つったけど。比喩《ひゆ》でもなんでもないなぁ……」

呆《あき》れる、を通り越して感心すら覚えるねねねだった。

「じゃ、なんで上から二冊目を取ったの？　なんか理由あるの？」

ねねねが作家らしい観察力をみせる。

「いやまあ……クセみたいなものなんですが」

読子はなぜか照れくさそうに、頬《ほお》を掻《か》いた。

時折、書店で同じ本を何冊も手に取り、入念に製本の出来具合を調べている客がいる。彼らは中でも、一番綺麗《きれい》な本を探しているのだ。

汚れはないか、ページはヨレていないか、積み上げられた中から〝候補〟を選び、何度も眺めて最優秀を選出する姿は、まるでミスコンの審査員だ。

読子は、そこまで外観に対する執着はない。やはり本は読んでこそ本だし、流通の過程上、どこかにダメージが出るのはしかたがないことだと思う。

しかし、選ぶ客たちの気持ちもわかるのだ。新刊本は全国一律《いちりつ》の定額商品だ。同じお金を払うなら、綺麗な商品が欲しいのは当然である。

その折衝点《せっしょうてん》が、〝上から二冊目〟だ。

「一番上の本って、一番たくさんの人が手に取るじゃないですか。ということは、一番汚れたり、傷ついたりするってワケですよね。雑誌だと、破れたりしてることもあるし。それを買うのは、私としてもちょっとアレなので。だから、二冊目を取ることにしてるんです」

そのこだわりをほんの少しでも身なりや掃除《そうじ》に向けたらどうだ、とねねねは思った。口にはしなかったが。

「ほら、汚れた本を買って帰ったら私も悲しい、で、またその下の本が手にとられるわけですから。私が二冊目をとれば、丸く収まるんです」

「なんか、みみっちく感じるのは私だけ？」

ねねねは一番上にある本を躊躇《ちゅうちょ》なく取る。よっぽど傷みがひどい時などは下から選ぶこともあるが。普段、あまり意識したことはない。

「……本当は、みんな汚さずに本を手にとればいいんですが……そんな平和な日々は、いつになったらくるんでしょうか……」

ひどい例では、袋綴《ふくろと》じのページを破られたり、付録のトレーディングカードだけ抜き取られるというケースもある。

破損《はそん》にまで至った本は、時に返本《へんぽん》すら認められない。書店が損害を被《こうむ》るのだ。これはマナーの面からしても、商売の面からしても、憂慮《ゆうりょ》すべき問題だ。

「カバンとか、本の上に置いて立ち読みしてる人もいるんですよね……。欲しい本が下にある人は、取りづらいだろうなぁって思うんですが」

「言やぁいいじゃん。〝ジャマだからのけれ〟って」

「見知らぬ人には、言いづらいじゃないですか」

「そんな気をつかうことないって。マナー違反してるのは、そいつのほうなんだから。魚屋の店先で、サバの上に荷物置いたらおっちゃんだって怒るでしょ？」

表現が極端であるにしろ、ねねねの主張は清々《すがすが》しい。

なんにせよ、本は人によってその価値観《かちかん》が大きく異なる商品の一つである。愛書狂《ビブリオマニア》と、普通に本を読む人と、本屋さんと。みんなが楽しく、平和に共存できる日が来ることを、読子は願ってやまない。

ねねねと話しながらも、読子は平台《ひらだい》や本棚《ほんだな》を移動して、本をわさわさと選んでいく。

この書店にしても、何度も足を運んでいるのに、新刊以外でまだまだ欲しい本が発見されるのは実に不思議だ。

数日前と変わるはずのない書名が、今は魅力的に見えてしょうがない。この購買欲が抑えられないかぎり、貯金通帳の残高が上がることはないだろう。

「あ、うわっ」

奥のスペースを見て、読子は小さく声を上げた。

そこは、ＳＦにジャンル分けされた棚《たな》である。読子が驚いたのは、四日前に自分が買った『ズーランダー・サーガ』の在庫が無くなっていたことだ。

それぞれ四、五冊ずつぐらいしか無かったのだが、手に取りやすい一～一〇巻以降はすべて消えていた。

そこには『〝予想外の〟好評につき、一一～一〇〇巻は品切れとなっております。現在版元《はんもと》に注文中！　再入荷の際にはみんなで〝ウキウキしようぜ〟！』との手書き文字と、ズーランダーのイラストが描かれたポップが立っている。

明らかに店員の手作りだ。

読子はそれを見て、少しいい気分になった。

こういった店の人のアピールと、自分以外に『ズーランダー』を買った人への共感が嬉《うれ》しかったのだ。

「どしたの?」

「ふふっ♪　秘密です」

読子はねねねへの説明を避けた。これは『ズーランダー』に関わった人間の小さな喜びとしてしまっておこう。

「なによもう。気になるじゃないの」

さすがにねねねも、他人の目がある中では頬《ほお》をひっぱるようなことはしない。

「なんでもありませんってば。あ。先生、どうせなら先生の本がある場所に、行ってみましょうよ」

「うげ。やめてよ。気色《きしょく》悪い」

読子の提案に、ねねねは唇を歪《ゆが》めた。


「気色悪い、ってんのに。悪趣味じゃん」

「なんで悪趣味なんですか、自分の本っていったら子供も同然じゃないですか。子供がどんなふうに置かれてるか、心配じゃないんですか」

乗り気に見えないねねねの手を、読子が引っ張る。

「勝手に子持ちにすんなっ。だいたい女だけで子供が作れるかっ」

ねねねの著作は、文庫本が一番多い。中高生向けの〝ライトノベル〟といわれるジャンルである。新書判やハードカバーも数冊出してはいるが、やはり主なフィールドはティーンズ向けの文庫だ。

「おおっと」

出版社別で、平行に並ぶ書棚《しょだな》の角を曲がろうとして読子が立ち止まる。

「なによっ」

勢いづいて背中にぶつかったねねねに、読子が指を突きつけた。

「しーっ。来てますよ、来てます」

「なにがぁ？」

二人は、そっと棚《たな》から顔を出した。

ちょうど棚の中央に、平台《ひらだい》に積まれたねねねの既刊《きかん》を吟味《ぎんみ》している女性がいた。

勤め人か、学生か。どちらともとれる雰囲気《ふんいき》だ。女性は手にしたねねねの『猫のいる街角で』をパラパラとめくり、買うかどうか考えているようだ。

「ほらほら、お客様ですよ」

「うっさい。見てるわよっ」

なぜかはしゃぐ読子に隠れながら、ねねねも女性を見つめている。別に初めてというわけではないが、自分の著作を読者が手にしている、という現場は、なかなかに緊張する。

女性はカバー折り返しの著者近影《きんえい》を眺めたり、あとがきのページを読み進んだり、吟味を続けている。

「あとがきから読むタイプの人ですねぇ」

読子が評する。小説につくあとがきは、作者の人となりを垣間見る《かいまみ》ことができるので、読者にとっては購買のいい判断材料になるのだ。

「う〰〰。なんかこっぱずかしいぞ」

他人が自分の本を読んでいる現場など、そうそう見る機会はない。せいぜい担当編集か、友人ぐらいのものだ。読子にしても知人の類《たぐい》である。

だいたい作家にしろ漫画家にしろ画家にしろ、自作を目の前で鑑賞されて平静でいられる者がどれだけいるのだろうか。

ミュージシャンはまだ、観客を前に演奏する機会があるからいい。自分たちのような職業は、普段は一人で、部屋の中で孤独に作品を練《ね》り上げていくのだ。

そういう意味で、ねねねも〝観《み》られる〟ことに不慣れなのである。

そんなねねねの困惑を知る由《よし》もなく、女性はまだ、本を手にしたまま考えている。

「なかなか決めませんねぇ。ぱぱっと買っちゃえばいいのに……」

「あれが普通なの。あんたみたいなのは少数派の中の、さらに特殊《とくしゅ》分野」

先刻〝反射買い〟っぷりを見せた読子としては、彼女の逡巡《しゅんじゅん》がまどろっこしいのだ。

「……しかたありません。私がひと肌《はだ》脱ぎましょう」

読子が、意味不明の言葉を口にした。

「？　どういうこと？」

「先生のファンとして。あの人に『猫のいる街角で』をおすすめしてきます」

メガネのブリッジをくいっ、と押し上げて不敵に笑う。

「！　やめれっ！　恥ずらかしいっ！」

ねねねがついあげた大声で、女性が二人のほうを向いた。

「…………………」

「…………………」

読子がにへら、と愛想笑いを浮かべる。

ねねねは一瞬早く首を曲げ、どうにか顔を見られまいと不自然な姿勢を取る。著者近影《きんえい》と見比べられるのを避けるためだ。

女性は不審げな面《おも》もちで読子を見ていたが、日本人特有の理由のない会釈《えしやく》を一つして、文庫本に視線を戻した。

読子とねねねは、棚《たな》の奥に身を潜《ひそ》めて大きく息を吐いた。

「危ないところでした。バレるかと思いました」

「だから、やめれって言ったのよっ」

「その〃やめれ〃が大声だからいけなかったんですよ」

ねねねは髪をわさわさとかき回して、座りこんだ。

「もういいからさ。さっさと行こうよ。あの人が買ってくれないなら買ってくれないでしょうがないし」

　立ったままの読子は、ねねねを見下ろして言う。

「なんてこと言うんですか。こまめな営業活動が、大きな一歩につながるんですよ。新たに先生の作品に触れようという人がいるのなら、そのお手伝いをするのが先輩ファンの役目です。その輪がだんだん広がって、やがて世界が変わるんです」

　言ってるうちに気分が盛り上がったのか、読子の鼻息も荒い。

「あんた、あたしを何にしたいんだ……」

　ねねねの困惑もほったらかして、読子は行動に移った。

「ちょっと、これ見ててください」

『神童たち』ほかの本の束をねねねに押しつけ、棚の間へと出ていく。

「あ、こらっ、マジかっ⁉　やめれっ」

　ねねねの言葉をコートではね返し、女性にと近づいていく。

「………………………」

　女性は、裏カバーの上部にある値段を見ている。決断は最終段階に至ったようだ。

　読子はにこにことナマ温かい笑顔を浮かべて、彼女の背後に立った。

「なにやってんだ、あのメガネ……」

　ねねねは眉《まゆ》をひそめて、その様子を見ている。

　読子本人としては、新たな同志の誕生を温かく見守っているつもりなのだろうが、当の女性にしてみれば、薄気味悪いだけではないだろうか。

「……………………………………」

幸いなことに、女性は読子の存在に気づかない。

ただ、興味は他の本にも向けられたらしく、隣にある『レクイエム・フォー・ゲーム』を手に取った。

あ、それは菫川先生の本とは違うです。

読子は心の中でそう思ったが、女性は両方を手に見比べている。どちらを買おうか、決めあぐねているようだ。

「んん～～～……」

女性が初めて小さな声を出した。迷いの感じられる響きだった。

その顔が『レクイエム』に向けられる。読子は後ろで、〝ダメダメ〟と手を振る。もちろん無言である。

次に、顔が『猫のいる街角で』に向く。読子はうんうんと大きく頷《うなず》き、ぺちぺちと拍手《はくしゅ》のマネゴトをする。

『レクイエム』。ダメダメ。

『猫のいる街角で』。ぺちぺち。

ダメダメ。

ぺちぺち。

そんな動作を数度繰り返す読子である。

「ば、バカバカしい……」

ねねねはがっくりと項垂《うなだ》れた。自分のためとはいえ、奇妙なゼスチャーを真剣な顔で続ける読子に、不思議なおかしさがこみあげてくる。しかも、見る限りそのゼスチャーが役に立っているふしは見受けられない。

読子もそれに気づいたのか、突然ゼスチャーのスタイルを変えてきた。

『猫のいる街角で』を持った右手に、後方から〝念〟を送り始めたのである。

両の掌《てのひら》を手首でくっつけ、蓮《はす》の花状に開いて円を描くように動かす。表情は真剣そのものだ。

〝買え。買いましょう。買うのです〟。そんな言葉が、全身からにじみ出ているように見える。

もちろん、事情を知らない他人が見ればオモチャ売り場でドラゴンボールごっこをする幼児と大差がないのだが。

「みっ……見てるほうが恥ずらかしい……」

ねねねの顔が赤くなる。それが全面的な好意から来ているとはいえ、読子の「ひと肌《はだ》脱ぐ」はあまりに無意味であった。

うっすらと額《ひたい》に汗まで浮かべた読子は、さらにポーズを変えた。

孫悟空《そんごくう》のかめはめ波《は》ポーズから、両手を大きく上にあげたバンザイスタイルへの変更だ。宇宙エネルギーでも受信しているのか。

「……………………」

宇宙エネルギーでも使わないと、自分の本は売れないのか。ねねねは心中《しんちゅう》で理不尽《りふじん》なものを感じて、読子に突っ込んだ。

〝買うのです。買うのです。買って嬉《うれ》しい花いちもんめ……〟

読子がそんなオーラを醸《かも》し出していると、突然女性が振り向いた。

「⁉」

読子に女性、そして覗《のぞ》き見ていたねねね。三人の時がぴたりと止まった。

「っ⁉」

「………………………」

読子と女性が、しげしげとお互いを見つめ合う。読子はともかく、気がつけば背後で見知らぬメガネ女が両手を上げていた女性の驚きは、察するにあまりある。

「……なんですか……？」

女性は、当然すぎる問いを読子に投げかけてきた。

「えーと…………」

その問いに即答できず、読子は一すじの汗を額《ひたい》から垂らした。ねねねは、息をのんでマヌケな事態の成り行きを見守っていた。

女性の眉《まゆ》が、いぶかしげに曲がった。

「なんですか、あなた？」

やや落ち着いたのか、女性の言葉がより具体的な疑問に変わる。

読子はゆっくりと両手を下ろし、思い切ったように口を開いた。

「私は……」

ねねねは緊張の度合いを高めながら、続く言葉を聞いている。

「私は、通りすがりの本占い師です」

読子は言った。言いきってしまった。

「本占いぃ？」

思いがけない言葉に、女性が眉《まゆ》をひそめる。しかし読子は平然と、少なくとも表向きは平然とした風を装《よそお》って、言葉を続けた。

「はい。沈思黙考《ちんしもっこう》、熟慮《じゅくりょ》で慎重なあなたの性格は、意外にメルヘンチックずる、とこけそうになったのは、端《はた》から見ていたねねねだ。当の女性は呆然《ぼうぜん》とした顔で、読子を見ている。

「そんなメルヘンなあなたにおススメするのは、こっち」

有無《うむ》をいわせぬテンポで、読子は『猫のいる街角で』を指さす。

「才気あふれる男前《おとこまえ》少女作家、菫川ねねねが新ジャンルに挑戦した意欲作！　愛らしい猫たちの描写《びょうしゃ》には、思わず愚息《ぐそく》もバンザイ！」

その場しのぎで言葉を続けているうちに、内容も混乱の度合いを濃くしている。

「間違いありません、今日のラッキーブックスはこっちです！　これを買っていけば学校でも職場でも人気者！　茶柱《ちゃばしら》は立つわ、憧《あこが》れの人に誘われるわ、帰りの電車は空《す》いてるわ、世界の幸せが詰め合わせになってあなたを襲います！」

読子の顔も赤くなっていた。興奮と困惑と混乱のブレンドされた、見ていて恥ずかしい赤面ぶりである。

「迷うことなどありません！　さあ、こっちを買って行きましょう！」

読子は『猫のいる街角で』を女性の胸にぐいと押しつけ、したっと片手をあげた。

「いつかまた、本で悩んでいる時に！　私はきっと通りがかります！」

切迫《せっぱく》した笑顔を浮かべて、足ばやに立ち去っていく。ねねねが待っているのとは、反対の方向に。まあ、このくらいで逃げざるをえないだろう。

「…………………」

残された女性は、読子が棚《たな》の奥に消えるまで、その後ろ姿を見つめていた。顔には不審な表情を貼り付けたままで。

「……………あほ……」

ねねねは小さく呟《つぶや》いた。

ちなみにその女性は、読子が去って五秒後に、きっぱりと『レクイエム・フォー・ゲーム』を選び、レジへと向かったのだった。

「ど、どこで間違ったんでしょうかぁ……っ」

ぐるりと店内を大回りして戻ってきた読子は、頭を抱えてうずくまっている。

「どこもなにも……全部じゃないの？」

さすがにねねねも、からかう気になれない。

「なんなの？　本占い師って？」

「手にした本の傾向で、その人の性格とか人生とかを占う正義の味方なんですが……」

「あんたが考えたの？　あの瞬間に？」

「ええ、咄嗟《とっさ》に……」

読子の顔は赤いままだ。こういう恥の経験は、後から思い出してじわじわと効いてくるものなのだ。

「……まあ、次からはあたしじゃないほうの本を、指さして」

読子はしゅん、と肩を落とし、か細い声で謝《あやま》った。

「すみましぇん……」


新刊書店を後にして、二人は一旦読子のビルに戻った。早くも買い込んだ二六冊の本を置くために、である。

薄汚れたガラス扉を開けて、玄関脇から既《すで》に堆《うずたか》く積み上げられた段ボール箱の横に、とりあえずの戦利品が詰まった紙袋を置く。

「……じゃ、行きますか」

「どうしていつも、鍵《かぎ》とかかけないの？」

入口がいつも開きっぱなしのおかげで、ねねねは傍若無人《ぼうじゃくぶじん》に読子を訪ねられるのだが、やはり不用心《ぶようじん》なところは気にかかる。

「だってウチ、盗《と》られるものなんてないですし……」

確かに。

このビルにある唯一《ゆいいつ》の財産は本である。

読子の蔵書にも、稀覯本《きこうぼん》は少なからずある。しかし、それはあまりに膨大《ぼうだい》な〝仲間〟の中に埋もれているため、探すことは極めて困難なのだ。

持ち主の読子にしても、「あの部屋の、あのへんの、あそこぐらい」と大まかな在《あ》りかは把《は》握《あく》しているものの、いざその本を取りだそうとなると、その前に積まれた箱や蔵書をかきわけて進まなければならない。ちょっとした探検である。

空《あ》き巣《す》にしても、そんなリスクを冒すよりは、他の家を標的《ひょうてき》にしたほうがいいだろう。

さらにつけ加えるなら、読子のこの無頓着《むとんちゃく》ぶりが結果としてビルをカモフラージュしている。人気《ひとけ》のない、照明もついていない入口。藁半紙《わらばんし》に『読子ビル』とマジックで書かれただけの表札《ひょうさつ》。その寂《さび》れ具合が、このビルを廃《はい》ビルと誤解させるのだ。

再開発地域に指定されている周辺は、実際に廃ビルも多い。木《こ》の葉《は》を隠すなら森の中、読子・リードマンとその蔵書は神保町の裏にひっそりと匿《かくま》われていることになる。

「一回も、ドロボーさんに入られたことないですよ」

「入られたって気がつかんだろ。あんた屋上で寝てるんだし」

「そんなことはないですよう。私はこう見えてもエージェントの一面も持ってるんですから。侵入者の気配には、びしっと」

「今日、あたしが来た時も寝てたじゃん」

「ううっ……」

　軽口を叩きながら、再度神保町に向かう。並んで歩くと、読子のほうが背が高い。すれ違う人は、姉妹と思うかもしれない。

「ドロボーもだけど、火事になったら危ないし。放火魔がマッチとか投げ込んだら、先生ビルごと全焼よ」

　どこで切っても可燃物《かねんぶつ》、のビルだ。さぞかしよく燃えることだろう。

「それはちょっといけませんね。焚書《ふんしょ》は文化への冒瀆《ぼうとく》です」

　ついさっき煮られた読子だが、焼かれるのももちろん遠慮《えんりょ》したい。

「わかったら、鍵《かぎ》ちゃんとつけて、戸締まりするよう習慣つけること」

　幼稚園児をしつけるような、ねねねの言葉だ。

「はぁ……」

「そしてその合い鍵を、私に寄越すこと」

「はぁ……って、なんでですか」

「でないと、あんたが本に埋もれて白骨死体になった時、誰が発見してくれるの」

縁起《えんぎ》でもない言葉だが、今日の午前、まさにその状態になりかけた自分としては反論しにくいものがある。

「やっぱそんなふうに死ぬんでしょうねぇ……私」

確率からすれば、エージェントの任務の方が命を落としやすいはずだが。

「安心すれ。お墓参りには、新刊を供《そな》えてあげるから」

「はぁ、お願いします」

ブラックジョークのような会話を、自然にできる。

二人の関係はやはり、他人には説明しづらい。


靖国通りに出た二人は、駿河台下《するがだいした》の交差点を南西方面に向かって少し進んだ。

すぐに左手に、何枚も、何十枚もの書店の看板が見えてくる。

それは、世界最大の書店街のほんの入口だ。

地方から、初めてこの地を訪れた本好きは、なによりもまず、その物量《ぶつりよう》に圧倒される。書店が、書店ばかりがこれほど連なって店を構《かま》えている光景に感動するのだ。

一般的な古書ばかりでなく、古地図、洋書、肉筆物《にくひつもの》、浮世絵《うきよえ》に写真など、専門的な分野を扱う書店もその中にちらほらと見える。

それは書物を中心に、人間の文化大系を凝縮《ぎようしゆく》した姿だ。

決して整然とはしていない、しかしそれ故《ゆえ》に混沌《こんとん》とした美しさがそこにはある。人の脳をそのまま街に置き換えたような、神秘に満ちた光景なのだ。

読子はねねねと共に、その歩道を進んでいる。

左側、つまり店舗《てんぽ》のほうを向きっぱなしの読子がつぶやいた。

「不思議ですぅ……」

「なにが?」

「もう何千回この通りを歩いたか、わかんないほどなのに……」

ぽっ、と頬《ほお》を桜色に染める。憧《あこが》れの先輩をグラウンドに見つけた女学生のように。

「ちっとも飽《あ》きません……」

「まあ、飽きはしないでしょ……」

無論ねねねも、神保町は初めてではない。出版社も多いし、資料本を探しに来たことも、読子につきあってぶらついたことも、何度かある。

神保町交差点に至るまでの距離だけでも、二〇店以上の書店がある。その店先にはショーケース入りの稀覯本《きこうぼん》、山と積まれた在庫、雑誌に文庫にマンガといった特売本に書名と値段が書かれたチラシが並べられている。

つまりはそれらを眺めているだけで、時間はあっという間に過ぎるのだ。

「しかもこんないっぱいのお店の中に、それぞれ本が詰まってるなんて……ああ……」

「当たり前やんけ。映画のセットじゃあるまいし」

好色男《こうしょくおとこ》が色街《いろまち》を歩くようなものだろうか。ねねねは心中《しんちゅう》で、少しはしたない比喩《ひゆ》を使ってしまった。

「で、まあ。さっきはあんたの浮かれモードIN本屋を見せつけられたけど」

「あぁぁ、思い出させないでくださぁい……」

文字通り頭を抱える読子である。今頃はあの女性も、帰りの中央線《ちゅうおう》で読子のことを怪しく思い出しているだろうか。

「あたしは、次の作品の資料を探しにきたのよ。そもそも」

「はぁ、そうでしたね」

「それが、ドラム缶ブロの準備したり新規読者の開拓《かいたく》に失敗したり、なんでこんなことになってんだか」

ドラム缶ブロに関しては、ねねね自身が原因だと思うが。読子はそう思っていた。

「あたしの貴重な青春時代を無駄《むだ》に浪費させた償《つぐな》いとして、速《すみ》やかに資料本のもとへエスコートしなさい。それがあんたの運命」

「それを言うなら先生も、私の貴重な休息《きゅうそく》時間をジャマしてるんですがぁ」

「キラキラ輝くティーンエイジと、二〇代後半待ったナシの終わりぎみ人生を一緒にすんなっ！　公正取引委員会に訴えるぞ！」

ずいぶんな言われようである。公正取引委員会もそんなことを訴えられる機関ではないはずだが。

「あまりぶつくさ言ってると、さっきの醜態《しゅうたい》をどっかの本で書いてやる！　実在の人物・団体・メガネに大関係のノンフィクションとして！」

「それは、ペンという名の暴力ですぅ～」

そもそも任務も仕事もない読子と、目下《もっか》休学中のねねねは、客観的に見れば二人とも暇人《ひまじん》どうしなのだから、数時間程度を浪費しても痛くも痒《かゆ》くもないはずだが。

「晩メシ奢《おご》ってやるから、とっとと案内すれっ」

ねねねが読子の腕にしがみつく。

「ふわ～い……」

もともと強固に反対するつもりはない読子である。疲労はあるが、一、二時間も探せば資料も見つかるだろう。この街で、見つからない本はない。

「探してる本、なんでしたっけ？」

「芸能関係と、児童虐待《ぎゃくたい》関係」

「……なんか、今までの先生からは意外な題材ですねぇ」

ねねねの著作は、ファンタジーや学園を舞台にしたものが多い。読者層にもっともストレートに訴えかける作風である。

「同じようなのばっか書いてると、飽《あ》きるし。ちょっと違うジャンルにも挑戦してみようかな、と思ってんだ」

「はぁ……つまり、芸能人が虐待を受ける話なんでしょうか？」

「どんなんだ。それじゃアダルト小説じゃないの。作風変わりすぎだっつうの」


芸能関係の資料はすぐに揃《そろ》った。

アイドルに俳優にミュージシャン、宝塚《たからづか》に歌舞伎《かぶき》にコメディアンにタレント、メディアの人気者に関する書籍《しょせき》は今も昔も数多く出版される。

その中の一部は、ベストセラーのリストにも度々《たびたび》登場する。そして、売れた本ほど古本屋にも出回るのだ。

これらは大抵《たいてい》、一冊一〇〇円の特価本として店先のワゴンに放り込まれ、行き交う人に時の流れを実感させるのだ。

写真集やファンクラブの会誌のような、コアな〝お宝〟はプレミアがつく場合もあるが、今回のねねねには必要でない。

ねねねは芸能プロダクションの内幕《うちまく》本と、スキャンダルの特集誌を数冊、オーディションのルポや今は俳優に転身した元アイドルの回想録を購入した。

もちろん、山とある本の中からそれらを探し出したのは読子である。

音楽、芸能、映像などの本を専門に扱う書店にねねねを案内した読子は、壁一面の本の中から、ねねねのリクエストに限りなく近い本を次々と〝発見〟していった。

「……なんかほら、アイドルになりたい子の、実際アイドルになるまでのなんだかんだが知りたいのよ」

「はぁ………………あ、この『輝く前に』って本とか、それっぽいですね」

本の背表紙は、わずか一センチ強。ずらっとタイトルを一瞥《いちべつ》しただけで、読子はその一冊を選び出す。そして実際、その内容はねねねの求めているものに一致する。

ねねね一人で来たら、この一冊にめぐりあうまで随分《ずいぶん》と時間がかかったことだろう。

「……ていうか、なんでわかるの？　そんなにピタッと」

「なんでと言われても……慣れ、なんですけど。本のタイトル見てると、なんとなく」

ねねねもじっくりと棚《たな》を見つめるが、正直、似たようなタイトルが並ぶとどれも同じに感じられる。しかもそれが大量に揃《そろ》うと、自分がなにを探しているのか一瞬見失う、軽い錯乱《さくらん》状態にまでなる。

「ウォーリーを探してるみたいだな……」

ねねねは懐《なつ》かしいベストセラーを思い出し、頭を振った。

「タイトルは、作り手がそれを探してる読者のためにつけるんですから。その心意気さえ感じとれば、内容も自然とわかります」

「なんかもう、〝匠《たくみ》〟の世界までいってるな……」

とはいえ、これほど本屋で頼りになる相棒もいない。ねねねの資料探しは、非常にスムースな前半戦を終えた。

「あとは、児童虐待《ぎゃくたい》方面ですね」

新刊書店で、社会問題のジャンルを扱うコーナーで何冊かは見つけたが、その内容は報告書に近いものだった。

「もうちょっと、肉迫《にくはく》してるのが欲しいのよ。一件を掘り下げるようなのが」

「ふむむ……」

新刊書店にない本は、古書店をまめに探してまわるしかない。それはそれで読子の望むところではあるが。

心当たりを何軒か回ってみた後、読子はこんなことを言いだした。

「先生、秘密を守れますか？」

「守れない」

ねねねはきっぱりと言いきった。

「いや、そう言われると話が続かないんですが……」

「冗談だって。まあ、内容にもよるけど」

再度ビルに戻り、資料本を置いてきた二人は、今度は靖国通りと白山通りの交わる神保町交差点に立っている。

「実はちょっと、ヒミツな本屋さんがあるんです」

「なにそれ？　アヤしかったりヤバかったり有害だったりするワケ？」

「なんでそこに、私が先生を案内するんですか」

ねねねの率直《そっちょく》な連想に、読子は思わず苦笑する。

「そこは、会員制の本屋さんで、普通の人にはナイショの場所で営業してるんですよ」

「じゅうぶんアヤしいぞ、おい」

歩行者用信号が青になった。読子たちは、靖国通りを廣文館《こうぶんかん》書店から岩波《いわなみ》ホール方面に向かって進む。

「本屋さんで会員制って、それで商売成り立つの？」

「そこのご主人、神保町でもずうぅっと昔からいる人で。人呼んで、〝古本を持ったゴッドファーザー〟っていうんですよ」

「ゴッドファーザー、ねぇ……」

読子とつきあっていると、このように劇画めいた人物がチラホラと出てくる。マフィアや政治家ならともかく、書店業界でもそんな存在がいるとは、裏の世界は深い。

「その本棚《ほんだな》には、世界のコレクター垂涎《すいぜん》の稀少本《きしょうぼん》が並び、レジの横にあるラジオからは神保町中の最新情報が集まるという、幻《まぼろし》の本屋……。その名は」

「その名は？」

横断歩道を渡った二人は、神田古書センターの前で立ち止まった。

読子はビルの側面に突き出たガラス張りのエレベーターを見上げ、意味深《いみしん》につぶやく。

「〝トト・ブックス〟……」

「とと？」

妙に可愛《かわい》らしい響きに、ねねねは意表をつかれた。声のトーンでそれを察したのか、読子が店名について補足《ほそく》する。

「トト、は古代エジプトで書物を司《つかさど》る神様の名前なんですよ。威厳《いげん》がありますね」

「言われないとわかんないけど」

読子につられて、ねねねも古書センターを見上げる。

「で、それがこのビルの中にあるの?」

「そうです」

神田古書センターは、一九七八年にオープンした九階建てのビルだ。古書のみならず古いレコード、コイン、図鑑に児童書の専門店が各フロアーに入った、コレクター魂《だましい》に火を点《つ》ける神保町のシンボルである。

一階の高山本店は実に創業明治八年。司馬遼太郎《しばりょうたろう》や海音寺潮五郎《かいおんじちょうごろう》といった大作家がここの資料で名作を執筆したのは有名な話だ。

そして八階の芳賀《はが》書店はビデオやグッズも扱うアダルトものの専門店。ビニール本時代から男性のロマンを支え続けてきた国内屈指《くっし》の書店だ。

地上から九階まで、文芸史から娯楽《ごらく》まであらゆるニーズの資料を提供するこのビルで目当ての本を探し、見つけた後は二階のカレーショップ〝ボンディ〟で欧風《おうふう》カレーをたいらげる、というのが古書コレクターの一つのスタイルである。

神保町の聖地たるこのビルに、実はもう一店、知られざる本屋があると聞けば、はたして人は信用するだろうか?

「ないよ、そんなん」

ねねねは各階の書店名が刻まれたプレートをしげしげと見つめた。

「そこには載《の》ってないんですよ、うふふ」

歩道からぐるりと裏にまわった、一階のフロアーで読子は得意げに笑う。

エレベーターが降りてきた。中から降りてきた一人の男が、読子とねねねを見て一瞬怯《ひる》む。

抱えた紙袋とその態度から察すると、芳賀書店からの帰りなのだろう。

そそくさと出ていった男と入れ替わりに、二人は中へと乗り込んだ。ガラスに覆《おお》われたエレベーターは、上の階に昇ると、神保町を一望《いちぼう》できる名スポットだ。

読子はガラス越しに歩道の様子を眺める。

「なにしてんの?」

「一応。人通りが少なくなるのを待って」

平日の昼過ぎという時間が幸いした。昼休みも終わったサラリーマンたちも会社に戻り、人の姿は少なめだ。

学生らしき若者も、携帯に注意をとられてエレベーターには目もくれない。

「チャンスですね」

読子は財布《さいふ》から一枚の図書券を抜き出した。

各階数のボタンに手を伸ばし、一階を三度、二階を二度押す。

途端《とたん》に下のスペースが開き、『トト・ブックス』と記されたスリットの装置が出現した。

「おわっ」

スパイ映画のような仕掛けに、ねねねが声をあげる。

読子はそのスリットに、一見なんの変哲《へんてつ》もない図書券を滑らせる。

わずかに揺れて、二人の乗ったエレベーターは地下に下がっていった。あるはずのない、地下一階へと。

「ええっ?」

驚くねねねを、読子は少し楽しそうに見ていた。


エレベーターはすぐに停《と》まり、ドアが開いた。

「ここ、地下? だって階数のボタンとか、無いじゃん」

「だから、ヒミツなんですよ」

読子が、ねねねの手を握ってフロアーへと歩き出す。たちまちエレベーターはドアを閉め、一階へと戻っていく。

「ありゃー……」

フロアーの前はもう店先だった。

『トト・ブックス』と書かれた古い看板に、なぜか大きなまねき猫。ゴッドファーザーにまねき猫は似合わない、と思うが。

開けっ放しの入口からは本まみれの、薄暗い店内が見てとれる。在庫の本はフロアーにまではみ出している。

入口をすぐ入ったところにレジのカウンターが構《かま》えられ、古い掛け時計がこつこつと音を立てていた。

大多数の人が〝古書店〟と聞いてまずイメージするような、スタンダードな店構えだ。

「さあ、先生」

読子はねねねの手を握ったまま、店内へ足を踏み入れた。

「こんにちわぁ〜〜〜〜」

間延びした挨拶《あいさつ》をカウンターに投げかける。その中には、青いベレー帽を被《かぶ》った老人が座っていた。

二人に背を向け、箪笥《たんす》の上に置いたテレビに見入っている。顔はわからないが、頭髪のない後頭部に見受けられる老人性斑点《はんてん》から、かなりの年配《ねんぱい》と察しがつく。

読子の挨拶にも、老人は言葉を返さない。その代理だろうか、彼の腕の中にいた猫が「ぅにゃぁ」と鳴いた。

まるでそれが店主であるかのように、読子が頭を下げる。

「ご無沙汰《ぶさた》してますぅ〜〜〜」

「んみゃゃあ」

「あ、すいません。もうちょっと待っていただけませんでしょうかぁ。月末には、お金が振り込まれるハズですので……」

猫に向かって――――、実際は店主に対してだろうが、言い訳をする読子である。ツケでも貯《た》まっているのだろうか。

それにしても、老人はぴくりとも動かない。ねねねは「もしかして、ツクリモン？」とまで思ってしまった。

「あのですね。今日はですね。ちょっと入会を推薦《すいせん》したいお客さんを連れてきました」

読子が、ねねねの方に手を向ける。

「って、あたし？」

「そうですよう。そのためにお連れしたんじゃないですかぁ」

にこにこと笑いながら頷《うなず》く。

「ここに入会しておくと、便利ですよ。資料本を探すのも楽だし、神保町の裏情報も聞けるし、古書目録《もくろく》は送られてくるし」

しかしねねねが一見《いっけん》したところ、店の雰囲気《ふんいき》は他と変わらない。

「入会するの、なんか資格とか料金とかいるの？」

「料金は別に取りませんが、会員一名の推薦と、店長の面接があります。それに合格したら、おっけーです」

「会員一名……」

読子が自分を指さす。

「で、面接……」

話がここまで進んでも、店主の老人は背を向けたままだ。テレビには、昼の連続ドラマが映っている。イヤホンが耳に差し込まれているが、もう片側の耳で聞こえないわけはあるまい。

「面接つったって、人の顔見ないとやりようないと思うけど？」

ねねねは、声にわずかな挑発を混ぜこんだ。相手が年長とはいえ、一方的に無視されるのは気分がよくないし、マナーにも反する。

「……あんた、買った本のカバーはどうする？」

店主が、ぽつりと漏《も》らした。依然《いぜん》、背を向けたままで。

「はぁ？」

ねねねが思わず聞き返す。言葉は聞こえたが、その意味するものが理解できなかった。

「本のカバーだよ。どうしてる？」

店主は続ける。強くはないが、底に力を感じさせる響きだ。

「どうしてるって……別に、どうもしてないけど。読むのにジャマな時とか、外すぐらい」

「外したヤツはどうするんですかぁ？」

横から口を挟《はさ》んだのは、読子である。

「だから、別に。本棚《ほんだな》にしまう時はまたつけるか、見つからない時はほったらかしよ」

「それはいけません！　本とカバーと帯は一つの家族です！　仲良く一緒に、しまってあげないと！」

読子は激しく、首を横に振った。

「話の腰を折るんじゃない」

「す、すいません……」

店主にたしなめられ、読子は一歩下がった。

「なに？　本は丁寧《ていねい》に扱えっての？　人に背を向けて話す爺《じい》さんが、こと本に関してだけはマナーを口うるさく説教するわけ？」

ねねねの強い口調に、読子がついあわあわと二人を見比べる。

「ふにぁぁぁぁぁぁぁ……」

返答したのは、猫のほうだった。緊張感など我関せずと、大きな欠伸《あくび》を一つする。我輩《わがはい》は猫である。この場には関係ない、とでも言いたげに。

「ケンカっぱやい姉ちゃんだな。そんなことを言いたいんじゃないさ。誰がカバーをどうしようなんて、どうでもいいことだ」

質問してきたのは自分ではないか。ねねねは口を尖《とが》らせる。

「なら、なんでそんなこと聞いてくるのよ」

店主の肩が一度大きく上がり、ゆっくりと下がった。

「カバーは捨てるヤツもいる。大事にとっとくヤツもいる。破れても平気なヤツもいる。俺の知ってる中には一人、煮て食うヤツもいる……」

思わず二人は顔をしかめる。本当だろうか？

「……つまり、大事なのは中身なんだ。本そのものってことだ。人はなんで本を手に入れるのか？　中身を読むためだ」

読子が、うんうんと激しく同意する。

「んなの、当たり前じゃない。なにが言いたいのよ」

「人間も、同じだ」

店主の後頭部に、血管がうっすらと浮いた。口調は変わらないが、どうやら言っていること
に力が入りかけているようだ。

「俺は本屋だ。客がどんな顔してようが、文句は言わないよ。俺が知りたいのは、俺の店の可《か》
愛《わい》い本を買ってくヤツが、どんな性分《しょうぶん》かってことさ」

そのための面接で、そのための会員制なのか。

「……にしたって、顔ぐらい見たっていいじゃない」

ねねねの肩を、読子が指でちょぃちょぃとつつく。

「なに？」

「私も、店長の顔、見たことありません」

意外な告白に、ねねねが目を丸くする。接客態度以前の問題だろう。

「信じらんないっ。じゃあ面接ってなにやったの!?」

「私の時は……えーと……一番最初に読んだ本は、なんだって聞かれましたね」

「で、どう答えたの？」

「育児手帳と」

「ふひゃはははは……」

奇怪な声に、ねねねがたじろぐ。後ろ姿の肩を震わせて、店主が笑っていた。思い出し笑い、なのだろうか。

「生後何日なんでしょうねぇ、あれは？　もちろん文字は読めなかったんで、こうなんか、めくるような動作をした記憶があるだけなんですが」

ご丁寧《ていねい》にゼスチャーつきで説明する。人の記憶は三歳から、とはよくいう言葉だが、読子でいえば、こと本に関する限りは、ありうる話なのかもしれない。

「…………それで、入会できたの？」

「ええ。こんなふうにお笑いになられて」

読子が店主を指す頃には、どうやら笑いは収まっていた。

「言っとくけど。あたしはここまで常軌《じょうき》を逸《いっ》した本好きじゃないわよ。そりゃ、商売道具だから、それなりの愛着はあるけど」

今さらながら、読子がねねねを紹介する。

「ご紹介が遅れました。こちらは菫川ねねね先生。作家さんです。とってもステキな本をお書きになるんですよ」

「菫川ねねね」

猫の耳がピンと立つ。主人の反応を代弁《だいべん》しているのだろうか。

「作家っていっても、お爺《じい》さんの読みそうなジャンルじゃないけれど」

ねねねの言葉が終わらないうちに、店主が口を開いた。

「そうか？　『猫のいる街角で』はよく書けてたぜ」

「⁉」

驚きである。どう見ても七〇、あるいは六〇以下には見えないこの店主が、ライトノベルと分類される自分の本を読んでいようとは。

「よっ、読んでるのっ⁉　あたしの本っ⁉」

「あんたのデビューは、話題になったからな」

「さすがは〝古本を持ったゴッドファーザー〟ですねぇ……」

読子も少し意表をつかれたようだったが、それでも言葉を続ける。

「その先生がですね、新作の資料を探してらっしゃるんです。それでぜひ、店長にも力になって戴《いただ》きたくて。どうか面接を、受けさせてもらえませんでしょうか」

あまりに下手《したて》すぎないか、という感もある読子の言葉に返ってきたのは、

「…………………」

長い沈黙だった。

「……あの、店長。起きてらっしゃいますか？」

またしても代わりに、猫が「みあぁ」と鳴いた。

「もういいって。そんな頼みこんでまで、この爺さんの顔を拝《おが》みたいわけじゃないわ」

強硬な態度を崩《くず》さないねねねに、

「ふひゃははは……」

店長の肩が揺れる。

「勘違《かんちが》いしてないか？　さっきも言ったろ。なにもツラつきあわせて根掘《ねほ》り葉掘《はほ》り質問、ってなばかりが面接じゃない」

「？　どういうこと？」

「今までのが、もう面接さ」

読子とねねねが顔を見あわせる。

「だってまだ、なんにも……」

「今までの会話で、あんたは頑固者《がんこもの》で生意気《なまいき》で早とちりで、それでいてプライドはやけに高いってのがわかった」

「す、鋭いですね……」

答えたのは読子のほうだ。ねねねは彼女をちょっとだけ、睨《にら》んだ。

「だが、少なくとも自分に正直だ。こんな老いぼれに、ヘタな媚《こ》びを売るような気はないらしい程度にな」

「悪かったわね」

「悪いなんて言ってない。それがあんたの、持ち味だからな」

読子が顔を輝かせる。

「じゃあ……」

店主の腕からひょい、と猫が離れ、壁際《かべぎわ》に置かれた小物入れに歩いていく。二人の見ている前で、猫は取っ手に前足をかけてくいっと引っ張り、中から器用に図書券を取り出した。読子が使用したのと、同じものだ。

カウンターの上に飛び乗って、ねねねの前に置く。

「合格だ。〝トト・ブックスにようこそ〟」

ぶっきらぼうに、店主が言ってのける。無論、背を向けたままで。

「おめでとうございます、先生。よかったですねっ」

満面に笑みを浮かべる読子だが、ねねねは今一つ実感の湧かない顔で図書券を手に取った。

「入会金云々《うんぬん》は無用だが、ウチの店には幾《いく》つかルールがある。それは守ってほしい」

「どんなのよ」

微動《びどう》だにしない店主に代わり、猫がぴんと背スジを伸ばす。

「一つ。〝トト・ブックスのことは口にするな〟。二つ。〝トト・ブックスのことは絶対に口にするな〟……」

「同じじゃん」

読子がそっと注釈《ちゆうしやく》する。

「それだけ、重要なんです。外に漏《も》らしたくないんですよ」

「なら、エレベーターのガラスはペンキで塗ったほうがいいわね」

ねねねの皮肉は特に咎《とが》めず、店主はさらに続けた。

「三つ。〝ツケは半年以内に払え〟」

読子が肩をすくめる。期限が迫っているのだろう。

「四つ。〝店内でタバコを吸わない。本の上に座らない。通路に座って読んで『これは立ち読みじゃないよ、座り読みだよ』と屁理屈《へりくつ》を言わない〟」

「小学生じゃあるまいし……」

「でもいるんですよ。本当に。そんな人が」

読子が拳《こぶし》を握って同意する。この辺りは、先ほど寄った新刊書店での会話にも通じるものがある。

「五つ。〝この猫のことはマイケルと呼べ〟」

髭《ひげ》を揺らして猫が頷《うなず》く。

「……それ、なんか関係あるの？」

「六つ。〝夜寝る前は歯を磨《みが》け〟。七つ。〝お父さんお母さんを大切にしよう〟。八つ。〝秋ナスは嫁《よめ》にくわせるな〟。九つ。〝ゴミは分別《ぶんべつ》して朝に出せ〟……」

トト・ブックス二六のルールを聞き終わった時、ねねねは「この爺《じい》さん、実は話し好きなんじゃないか？」との疑念を強く抱いていた。

「……で、どんな本を探してるんだ？」

ようやく、会話が用件の主題に移る。

「えぇと、児童虐待《ぎゃくたい》の本を探してるんですが……」

どことなく疲労した風に見えるねねねに代わって、読子が口を開く。

「児童虐待か……」

店主は、頭の中を探るような遠い目をした（気がした）。

ねねねが補足《ほそく》する。報告書よりはルポルタージュみたいな肉迫性《にくはく》が欲しい、件数の多さよりは一つのケースを掘り下げているほうがいい、もちろん日本語の本がいい。しかし、内容は海外のものがいい……。

「……いい注文の仕方だな。自分の欲しい本が、具体的にわかってる」

書店に来る客の中には、書名も著者名も出版社もわからない、というケースがある。「こないだテレビで紹介されてたアレ」という凄《すさ》まじい曖昧《あいまい》さで問いかけてくるのだ。せめてどんな内容だったかわかりませんか？　と店員が訊《き》くと、「大和田獏《おおわだばく》が褒《ほ》めてた」と見当外れの答えが返ってくる。

「……一番奥まで、歩いてけ」

「？」

読子がねねねの肩に手を置いた。案内する、とメガネの奥の瞳が言っていた。

蛍光灯《けいこうとう》が、点《つ》いたり消えたりを繰り返す。薄暗い店内は時に闇となり、空気の澱《よど》みを実感させる。しかしそれは、決して不快なものではない。

床に積み上げられた本をかわしながら、二人は奥に進んだ。

「……先生、ご主人に気に入られたみたいですね」

「はぁ？　どこがぁ？　ほとんど言い合いだったじゃないの」

読子のスカートが本の表紙を擦《こす》り、少量の埃《ほこり》を宙に舞わせる。

「だからですよう。本当にダメな人には店長、なにも喋《しゃべ》りませんから」

「……他に、誰か連れてきたことあるの？」

その言葉にどんなニュアンスを感じたのか、読子はくすっと笑った。

「前に買いにきた時、他の会員さんのケースに出くわしたんです。……心配しなくても、私は先生が初めてですよ」

「？　なんの心配よ、それ」

すぐに突き当たりの本棚《ほんだな》にぶつかった。足音から判断しているのか、店主が次の指令を飛ばしてくる。

「左にすすめ。七歩だ」

言われたとおりに曲がる。ざっと見渡した棚には、国内の本に雑誌、洋書、事典に書名すらわからない古い本が、雑然と並んでいる。

こんな店に一人で探しに来たら、まったくのお手上げだ。

七歩目を床につけた時、更なる指令が届いた。

「上から四段目の棚を見ろ」

一、二、三と視線を落としていくと、目よりわずかに高い位置にその棚はあった。
それにしても、店主の声はこんな店の奥まで不思議と響いてくる。ロンドンにあるセントポール大聖堂の回廊《かいろう》は、ささやき声が壁の凹《おう》曲面に反射して、遠く離れた反対側まで聞こえることで『ささやきの回廊』と呼ばれている。似たような効果があるのだろうか。

「左から一一冊目だ」

棚を区切る縦板から数えていく。はたして指定されたそこには、『虐《しいた》げられた翼　上巻』という名の本があった。

ねねねは驚異に思いながらも、その本を抜き出した。

表紙がしっとりと、手に吸いつくように感じられる。一瞬でわかった。これは、自分に〝探されていた〟本だと。

小さな箱の中に、折り畳《たた》まれるように縮こまって入っている少年のイラストがカバーに描かれていた。

「どこにどんな本があるか、全部覚えてるの!?」

入口まで戻ったねねねは、つい興奮した声をあげてしまう。

「こんな狭い店だ。何年もしないうちに覚えるさ」

店主は平然と言ってのける。とはいえ、コンピュータのデータベースを地《じ》でいくその記憶力と把握力《はあくりょく》はまさに驚嘆の一言だ。

「で、どうだ？　ご注文には応《こた》えられるか？」

ぱらぱらとページをめくりながら、ねねねが即答する。

「もちろん。文体はちょっとクセがあるけど、ボリュームはあるし、作者の意気込みも感じられるし。こういう本を探してたのよ」

「…………本屋にゃ、嬉《うれ》しい言葉だな」

毛の無い後頭部が、少し赤らんだ気がした。

「買うわ。いくら？」

「五〇〇〇円だ」

「そんなに安いの？」

読子の前置きから、もう少しふっかけられるかと覚悟していたねねねは、少し拍子《ひょうし》抜《ぬ》けの気がした。確かに、定価の三八〇〇円よりは値《ね》がついているのだが。

「適性価格だ。本は高けりゃ役に立つってわけじゃない」

まあ、安いにこしたことはない。ねねねは財布《さいふ》を取り出した。

「で、下巻はどこにあるの？　今度は手前に曲がって左に四歩？」

「ないよ」

「え？」

一万円札を抜き出した指が止まる。

「ウチに入ってきたのは上巻だけだ。だから安いのさ」

古本屋では、上下揃《ぞろ》いの本は、片方だけだと途端《とたん》に値段が安くなる。単純に、買い手が少なくなるのだ。上巻だけならまだしも、下巻だけというケースになると最悪だ。本を途中から読んで満足するという酔狂者《すいきょうもの》はいない。

「ちょっと、困るじゃないのっ。そんな中途半端《はんぱ》なっ」

「慌《あわ》てるな。ウチにはないが、神保町《こ　こ》にないとは言ってない」

ここにきて、店主が初めて動いた。

といっても、細く痩《や》せた右腕を横に出しただけだったが。皺《しわ》の寄った指先がテレビのスイッチを消す。

店主はのろのろと、空間を漂うような動きで隣にあるラジオを点《つ》けた。

「…………………」

店主はしばらく黙り、ラジオの音を聞《き》いている。そこから流れているのは日本語ではない。英語でもない。時々拾える韓国語でもない。暗号のような言葉だ。

「どこの局?」

「……私も、ちょっと」

読子も首をかしげる。この光景は何度か目にしているが、店主は説明してくれないのだ。しかし、この受信が終わった時、彼は必ず捜し物の有無《うむ》を教えてくれる。

数分ほども聞いていただろうか、店主は点けた時と同じように、ゆっくりとした動きでラジオを消した。

「あったよ」

「今のでわかるの？　なんの放送？」

作家ならではの好奇心を隠せないねねねである。

「それは教えられないな。俺たち売る側の、ヒミツだ」

ねねねのダイレクトな質問にも、店主は気を悪くしたふうはない。読子の指摘どおり、彼は彼女を気に入っているのだろう。

ねねねもそれ以上は追及しなかった。二人の関係は、読子が予想した以上に良好なものになりそうだ。次回から、ねねね一人でここを訪れても問題ない程度に。

「わかった。じゃあ、下巻の在《あ》りかだけ教えてよ」

ねねねは手にしていた一万円札を、カウンターに置いた。

「領収書はいるかな？」

「〝菫川ねねね〟、〝書籍代として〟でお願い」

二人が本を探している間に、既《すで》に書いていたらしい。ねねねが言った通りの領収書を、マイケルがくわえてカウンターに置く。五〇〇〇円札の釣《つ》り銭《せん》と共に。

「情報料は、入会記念のサービスにしといてやろう」

「さんきゅ。で、どこにあるの？」

少々勿体《もったい》をつけて、店主は言った。

「七ヶ月前、すずむし書店に持ち込まれてるな」

「あ、すずむしさんですか」

店主の言葉に反応したのは、読子だ。

「場所わかる？」

「もちろんです」

まかせろ、と言わんばかりに豊かな胸を叩く。神保町では一六〇軒近い古書店が営業しているが、読子はそのすべてを把握《はあく》している、歩く地図なのだ。

「うしっ。じゃあ、さっさと行ってみましょ」

ねねねが領収書と釣り銭を取ると、マイケルがぺこっと頭を下げた。この書店、接客は全面的に彼が担当しているらしい。

「おジャマしました、また来ますぅ〜……」

読子は店主に向かって挨拶《あいさつ》し、出口へと向かうねねねに続く。

「……おい」

二人の背中に、店主の声が投げかけられた。

立ち止まったねねねが、振り向く。角度は変わったものの、やはり店主の横顔も捉《とら》えられなかった。

「……その二七。特別ルールだ。〝書き上がった本は、俺に読ませること〟。……交換条件に、その次の買い物を一度だけ、ロハにしてやる。……どんな高値《たかね》の本でもな」

その子供じみた条件に、読子が微笑した。

そして当のねねねは、苦笑に近い笑みを浮かべる。

「わかったわ」

神保町のメインストリートは靖国通りだが、水道橋方面から交差する白山通りにも、幾《いく》つもの古書店が並んでいる。

日本大学が近くにあるせいか、店頭の棚《たな》やカゴには大学の教科書、参考書が多い。かと思えば、突然日本唯一《ゆいいつ》のカルタ専門店が出現し、懐《なつ》かしいカルタやスゴロク、花札《はなふだ》の絵柄《えがら》が目を楽しませてくれる。歩くだけでも退屈しない通りだ。

〝すずむし書店〟は、その白山通りから少し脇道に入ったところにある。人の流れからは外れるが、そのぶん家賃《やちん》が安い。主な客層である学生にターゲットを絞《しぼ》れば、そこそこな売り上げは期待できる。読子も週に一、二度は店を覗《のぞ》き、店主の鈴木典昭《すずきのりあき》ともそこそこ仲良くなっている。

「店長さんが、鈴木さんっていうの？」

ねねねは読子に案内されながら、白山通りを歩いている。

「はい。まだ若いんですよ。確か二八、九だったかな」

「別に若くないじゃん」

「いえいえ、そんなことは……」

一七歳のねねねから見たら一〇以上も年上だ。が、二五歳の読子にすればこの辺りまでは

〝若い〟というイメージに入れてほしいものである。

実際、神保町の店主としては若いほうなのだが。

「子供の頃は本の虫、って言われてたそうです。親しみが持てます」

「あんたのほうは、リアルタイムで虫じゃん」

先ほど、新刊書店でその反射行動を見せた読子を思い出し、ねねねが突っ込む。

「う。……まあそれはともかく。大学を出てお勤めなさっていたらしいんですが、一年半前にお父様がお亡くなりになって、そのご遺産で思い切って脱サラし、念願の古本屋さんを開業なさったそうですよ」

「よくそこまで知ってんね」

「開店直後の頃、お店がヒマな時によくお茶を戴《いただ》きながら伺《うかが》ったんです」

少し年寄りくさいとは思うが、読子の持つ不思議な社交性の証明だろう。

「で、本の虫って言われてたことを思い出して。鈴木さんが〝本の虫〟。で、すずむし」

「はぁ〜。なるほど」

類《るい》は友を呼ぶ、というが。読子とつきあっていると、本にひとかたならぬ情熱を注ぐ人を見ることができる。サラリーマンの職を捨て、夢だった古書店を開業というのもある種のロマンに聞こえる。

そこまで考えて、ねねねは素朴《そぼく》な疑問に突き当たった。

「…………先生は、本屋さんになりたいとか思わなかったの?」

「なんですか、いきなり」

「いきなりってことはないでしょ。自然な流れじゃん」

ビル一つぶんの蔵書に、本に関する膨大《ぼうだい》な知識。そして情熱。教職よりもずっと適性はあるだろうし、エージェントよりずっと〝似合う〟。

「子供の頃から、よく言われましたけど……」

読子は気恥ずかしいような顔をして、頬《ほお》をかく。

「私、本屋さんに必要な才能がないんですよ」

「うそ。本にくるまれて生まれてきたような人間じゃん」

「実際、本当に小さい頃はベッドに本を何冊も持ち込んで、寝てたそうです。目が悪くなるのも当然ですねぇ」

軽く笑った後、少しだけ声が真剣味を帯びる。

「さっきの、本の上に荷物を置くって話じゃないけれど。本が好きすぎて、客観的な振るまいができなくなるんです。先生、ふらっと入った本屋に、『立ち読みおことわり』とか『山を崩《くず》すな』とか『下から選ぶな』とか『子供を連れてくるな』とか書かれた貼り紙がベタベタ貼ってあったら、どう思います?」

「まあ、程度にもよるけど。いい気分はしないなぁ」

ねねの学区にも、そんな書店はあった。学生客の多いその店は、店長がエスカレートして最終的には「立ち読みは、五分につき一〇〇円いただきます」との貼り紙まで登場し、ほどなく寂《さび》れて、閉店した。

「本屋さんが、本を好きなのは素晴らしいことだけど。でも、好きなだけではいい本屋さんになれない気がするんです。自分が本好きってことに甘えちゃうのが、恐いんですよ」

思いがけなく、真面目《まじめ》な答えが返ってきた。

「あとまあ、単純に性格のだらしなさもありますし」

「自覚しとるんかい」

確かに。今日のことのみならず、読子の食事や入浴や起床《きしょう》時間をおろそかにしがちな一面は、客商売には不向きだろう。

「もちろん、興味はあるんですけどね」

そんなことを語っている間に、二人は一軒の古書店に到着した。ガラスのドアにペイントで、本を開く鈴虫《すずむし》のイラストが描かれている。営業時間は午後〇時から午後九時まで。学生を意識した、やや遅めまでの時間帯だ。

「ここね」

「ここです」

『すずむし書店』と記された入口を、二人はくぐって中に入った。りりん、りりん、と、鈴虫を思わせる小さなベルの音が鳴った。

『トト・ブックス』とはうってかわった、明るい店内である。

店自体は縦に長細く、中央に大きな本棚《ほんだな》が設置されて、壁の役割を果たしている。

入店して手前の棚は、娯楽《ごらく》小説の文庫本やノベルス、マンガ本の全巻セットに雑誌のバックナンバーなどが揃《そろ》っていた。

対して奥の棚には、ハードカバーの文芸書や実用書、辞書、写真集などが並べられていた。

レジは最も奥で、この規模の書店がたいていそうであるように、買い取りのスペースも兼ねている。

決して大きくはない、しかし、経営者の性格が垣間見《かいまみ》える書店だ。

通路は歩きやすいように整頓《せいとん》、掃除《そうじ》されている。『整理中』の紙が乗っかった在庫の束も見えない。

照明は明るく、踏み台もあちこちに置かれて、上部にある本も容易に手を出せる。

細かい気配りが行き届いた店だ。それはねねねにも一目でわかった。

「すずきさぁ～ん」

読子が店の奥に声をかける。いつも返ってくる爽《さわ》やかな声が、今日はなぜか聞こえない。

「あれ？」

「留守《るす》？　……なわけがないか。開店してるんだから」

「ですよね。すずきさぁ～ん。読子です。ごめんくださぁ～い」

間延びした声で奥へと進む。ねねねはちらっとハードカバーの棚を見たが、目指す『虐《しいた》げられた翼　下巻』は見つからなかった。

「……すずきさん……なに、してるんですか?」

すずむし書店の店主、鈴木典昭はレジにいた。レジの陰で、頭を抱えていた。読子の呼びかけも聞こえないのか、動こうとしない。

「すずきさん……具合でも悪いんですか? 鈴木さんっ!」

少しボリュームアップした読子の声に、ようやく鈴木が顔を上げた。

「読子さん……」

線の細い、真面目《まじめ》そうな男だ。『SUZUMUSHI』の文字がプリントされたメルヘンなエプロンが、その上の憂鬱《ゆううつ》な顔と美しく反比例している。

「あぁ……いらっしゃい、ませ……」

ゆらりと立ったその姿は、意外な長身である。その姿は鈴虫というよりキリギリスか、カマキリのような緑系の虫をイメージさせるのだが。

「ちょっとあの、探してる本があるんですが……どうかなさったんですか?」

たまらず訊《たず》ねた読子に、鈴木は薄い笑みを唇の端《はし》に引っかけて答えた。

「はぁ……今、人生の板挟《いたばさ》みになってて……」

読子とねねは顔を見合わせる。

「どういうことですか、それ?」

鈴木は少し黙り、口を開いた。話すことで心理的に楽になろう、と思ったようだ。

「……聞いていただけますか……」

「実は僕、今度結婚するかもしれないんです」

鈴木は椅子《いす》を二つ用意し、読子とねねねに勧めた。

「まあ、それはおめでとうございます」

読子が掌《てのひら》をぽん、と胸の前であわせる。

「おめでとう、ございます……」

ねねねがそれに続く。儀礼《ぎれい》的なものになってしまうのは仕方がない。なにしろ今まさに、初めて会ったばかりなのだから。

「ありがとうございます……あなたは？」

この質問が今まで出なかったのは、鈴木が直面している事態で頭がいっぱいだったせいだろう。ねねねはぺこっと頭を下げた。

「彼女の知り合いで……菫川、ねねねといいます」

その名を聞き、鈴木の表情が小さな驚きに変わった。

「…………あの菫川さんですか？」

ねねねは名を名乗ると、時々こういうリアクションをされることがある。以前、鞠原《まりはら》というストーカーに誘拐《ゆうかい》された時、ワイドショーの報道でそこそこ話題になったし、もともと本に関する業界では有名なのだ。

「ええ、まあ……」

「あの、人のウチに勝手に入って、寝てる頬をつねまわしてどら声をあげる、先天性いじめっこ階級の。繊細《せんさい》さを作品にすべて注ぎ込んで、ご本人自身は鉄の毛が生えた心臓の」

ねねねは、ずいっと読子を睨《にら》んだ。コンマ一秒のズレもない動きで、読子が目を逸《そ》らす。

「それでいて、時々クッキーを作るような女の子らしさが可愛《かわい》い菫川さんですか？」

鈴木の追記《ついき》に、読子がぐるん、と視線を戻す。愛想笑いを浮かべて。

「でもそのクッキー、五回に一回砂糖の分量を間違えるという大雑把《おおざっぱ》なトコロがまるで男の子のような菫川さんですか？」

さらに続いた鈴木のコメントに、読子は思いっきり下を向く。

「……とにかくまあ、その菫川です。彼女から、いろいろ聞いてるみたいですね」

「うわぁ、…………え？　今日はどうして、また？」

話題をどうにか変えようと、読子が説明する。

「菫川先生、次回作の資料を探してらっしゃるんです。それがすずむしさんにあるって、トト・ブックスの店長さんに聞きまして」

「ああ、トトさんに……」

店主どうしのネットワークがあるのだろうか。〝トト・ブックス〟の名前を聞いただけで、鈴木は納得したようだった。

「どんな本ですか？　タイトルは？」

「『虐《しいた》げられた翼』って本の、下巻なんですが」

ねねねからタイトルを聞き、鈴木はレジの奥、未整理の本の山を見た。

「見たような記憶はあるけど……まだ、店頭には出してなかったと思うなぁ。上巻が無いとやっぱり、売れませんから」

「ちょうどいいんです。上巻はトトさんで買いましたから」

「わかりました……じゃあちょっと、探して……」

立ち上がりかける鈴木を、読子が止める。

「いえ、それは後でも。それより鈴木さんのほうの事情をお聞かせください。どうしてそんなに、悩んでるんですか？」

自分のことより、客の求める本を優先させるところは、本屋としてのプロ意識だろう。しかし、普段は決して憂鬱《ゆううつ》な顔など見せない鈴木の事情が、読子は気にかかる。

「結婚なさるなんて、おめでたいじゃないですか」

「待って。……かもしれない、って言いましたよね。そこでなにか、問題が？」

ねねねの指摘に、鈴木はがっくりと項垂《うなだ》れた。頷《うなず》いた、のかもしれないが。

「相手は、島圭子《しまけいこ》さんっていって……学生なんです。うちのお客さんだったのが、何度か話しているうちに仲良くなって……」

「気がつきませんでした」

条件的には似た位置にいる読子だったが、ことがロマンス方面に向かうと彼女は無敵の鈍感《どんかん》ぶりを発揮《はっき》する。

「……で、まあ。……プロポーズしたんです。で、……賛成してもらって……」

〝賛成〟、という言い方がユニークだ。本人は自覚していないだろうが。しかしそれで、なにが憂鬱なのだろう。

「どなたか、反対なさってるんですか？」

本人同士の意志が決まっているのなら、懸念《けねん》事項は家族だろう。ねねねは訊《たず》ねた。

「僕は、もう両親がいませんから……ただ、彼女のお父さんが」

恋人の父、か。男としては最大の相手だろう。

「お父さん、男手一つで圭子を育てた人で……あの、家、静岡なんですが。何度かご挨拶《あいさつ》に行ったんですが、会ってくれなくて……」

「ん〜〜〜。父親としてはなにかと、複雑でしょうしねぇ……」

読子が腕を組んで頷く。そんな状況の関係者になった経験があるはずもないが。

「……でも、今日……やっと、会ってくれることになったんです。仕事で東京に来るんで、ついでに食事しながら、とにかく話そうってとこまで彼女がこぎつけてくれて」

「よかったじゃないですか。あ、それでプレッシャーが？」

ねねねの見るところ、鈴木はいかにも繊細《せんさい》そうだ。将来を左右するイベントが目前となれば、確かに心穏やかではいられないだろう。

「それも、あるんですが……」

煮え切らない言葉に、読子とねねねは顔を見合わせた。

「鈴木さん。最初、人生の板挟《いたばさ》みって言いましたよね？　もう一つの板はなんですか？」

読子の問いに、鈴木は言葉を落とすように答えた。

「………………仕事なんです」

「仕事？」

「店が、閉められなくて……」

鈴木は、ぽつりぽつりと説明していく。

圭子の父親は、今日の午後三時に東京駅に到着する。鈴木はそれを出迎えに行くことになっている。圭子は授業があるので、後から合流することになっている。

「……って、もう二時前ですよ」

神保町から東京駅は近い。中央線なら二〇分もかからない。しかし、支度《したく》とかはしなくていいのだろうか。

「そうなんです。だから今日は、バイトの小日向《こひなた》君に入ってもらうはずだったんですが」

小日向は、鈴木が古書の仕入れに出かけたり、用がある時に店番を務めるフリーターだ。

「彼……、今朝方《けさがた》盲腸《もうちょう》で、急に入院しちゃって……」

「ああ、それで店番の人がいなくなっちゃったんですね」

そこそこに客はついているが、まだ余裕《よゆう》があるわけではない。小日向の他には、バイトを雇《やと》っていないのだ。

「……でもまあ、しょうがないんじゃないの？　人生がかかってんだから、今日ぐらいは臨時休業でも」

　上司がいるわけでもない古本屋だ。それは売り上げは落ちるだろうが、鈴木本人が決断すれば、休業は容易なはずである。

「そうは、いかないんです……。今日、栃木からお客さんが来るんです」

「栃木ぃ？」

　予想外な単語に、ついねねねが首を捻《ひね》った。

「その人……、何ヶ月か前にお店に来て、探してる本がある、って」

　それは中年の男だった。聞けば、家は栃木にあるのだが、とある古書を探して東京まで出向き、神保町を歩き回ったらしい。残念ながら見つけることはできなかったが、もし入手したら連絡をくれないか、と電話番号を置いて帰った。

　聞けば、男は他の店でも同様に連絡先を残して帰ったという。彼の件は、書店主の間でちょっとした話題になった。

　それだけならよくある話である。

　だが、つい昨日。そう、本当につい昨日。男が探していた本が、すずむし書店に持ち込まれたのだ。

　鈴木は男の電話番号を探しだし、連絡を取った。入手の旨《むね》を伝えると、電話の向こうで男は大きな感謝の息をついた。

「住所を教えていただければ、宅急便で送りますよ」

「いや、それには及ばない。明日、私が取りに伺《うかが》います」

男の返答に、鈴木は驚いた。宅急便で送っても、日にちの差は一日かそこらだろう。わざわざ上京しなくてもいいではないか。

「一日も早く、手にしたいんです」

男はそう言った。鈴木はその言葉で、ああ、この人は本当にこの本を探していたんだなぁ、と実感した。

「……わかりました。じゃあ、店の者に預けておきますから」

「よろしくお願いします」

持ち込まれたのが夕方だったので、男への連絡は夜になった。もしこの電話が午前中なら、飛行機か新幹線ですぐに取りに来たかもしれない。そんな気がした。

「なるほど……でも、そのお客さんに連絡して、後日《ごじつ》にしてもらうことはできないの？」

解決案をねねが提出していく。

しかし、鈴木自身既《すで》にあれこれ考えていたらしく、そういったアイデアには実行不可能な理由があった。

「そう思って、連絡したんですが……もうお客さん、おウチを発《た》ったようで……留守電《るすでん》になってました」

朝イチで小日向を見舞い、その後ですぐに電話をしたのだが、時は既に遅かった。

携帯の番号は聞いてない。そもそも、彼が携帯電話自体を持っているかもわからない。

「その、圭子さんにお願いして、お父さんを迎えに行ってもらっては？」

「彼女、いま授業中だから……。携帯の電源を切ってるんです」

大学に呼び出してもらおうか、とも思ったが。圭子は以前にケガで長期入院し、単位の取得が危なめになっている。それはそれで、彼女にも父親にも迷惑をかけることになる。

「せめて、お昼過ぎにお客さんが来てくれれば……そう思って開店してたんですが……」

最初は客が来るたびに、飛び上がってドアを見ていたのだが、ことごとくハズレ。そうこうしているうちにタイムリミットも近づき、余計に神経をすり減らして落ち込んでいたところに、読子たちがやって来たのだった。

「事態はよくわかったわ……。要するに、彼女のお父さんの相手もちゃんとできて、そのお客に本を渡せればいいのよね」

ねねねの口調は、いつのまにかタメ口に変わっている。この場のパワーバランスを的確に把《は》握《あく》したかのように。

「そうなんですけど……」

鈴木は痛みをこらえるように、胃を押さえた。

「簡単じゃん」

「えぇ？」

思わず、鈴木がねねねを見る。もちろん、読子もその平然とした態度に視線を向ける。

当のねねねは、読子をじっと見つめ返した。なにかを訴えるように。

「…………………………………あ」

読子はしばらく黙っていたが、ねねねの言わんとするところを察して、口を開ける。

「……………簡単ですね」

「だしょ？」

にっこり笑うねねねに、理解できない鈴木がおそるおそる問いかける。

「あの……なにか、いいアイデアが？」

しかし、彼の疑問に答えたのは読子のほうだった。

「鈴木さん。もしよろしければ、ですけど。鈴木さんがお父さんのお相手をしている間、私と先生がお店番をするというのはどうですか？」

読子の提案に、鈴木の目の奥がわずかに輝く。

「…………し、しかし……お客さんに、そんなことを甘えるのは……」

戸惑いを口にするものの、彼がこういった助け舟を必要にしていたのは明白だった。

「彼女は本の生き字引《いじびき》だし、仕事は私が手伝ってフォローする。掃除《そうじ》に在庫処理に接客とお金の管理でしょ。そのくらい、マクドのバイトと変わんないし」

「先生、マクドナルドでバイトしたことあるんですか？」

「ないけど」

しれっと言ってのけるねねねである。

「……あと、買い取りとかもありますけど……それは、査定《さてい》表がありますが……コミックだけだけど」

言葉を継いだのは、鈴木本人である。彼の心情も、かなり傾いているようだ。

「夜には戻ってくるんでしょ？　だったらたった半日ぐらい、問題ないって。それに、私らもいっぺん〝本屋さん〟になってみたかったし」

セリフの端《はし》で、読子のほうを見る。ここに来る直前にかわしていた会話を思い出したのだろう。確かに、読子もこの〝半日本屋さん〟に異論はない。むしろ激しく胸が躍る。

鈴木にしても、これが見ず知らずの他人なら論外だが、読子はそれなりに見知った相手だ。お得意様だ。住所も知っている。

「………………………………………………」

最後の沈黙の中、レジの奥からピピッ、と電子音が鳴った。デジタル時計が、午後二時を告げたのだ。

その音が、鈴木の背中を押した。

「……よろしく、お願いします！」

「いってらっ、しゃーい」

お揃《そろ》いの、無地《むじ》のエプロンを前に引っかけて。

読子とねねねは、すずむし書店の前に並んで立ち、身支度《みじたく》をして飛び出す鈴木を見送った。にこにこと、練習中の営業スマイルで手を振りながら。

「なるべく早く戻りますからっ。あと、レジの奥の整理棚《だな》に仕事の手引き書があるんで、なんかあったらそれを！」

鈴木は助かったような、どこか不安なような、複雑な表情で店を後にする。水道橋の駅から総武《そうぶ》線に乗り、御茶の水で中央線に乗り換えて東京駅へ。現在、時刻は午後二時半すぎ。間に合うかどうかは、微妙なところだ。

それでも仕事の最低限な説明と、自分の支度《したく》は全速力で終えた。後は運を天に任せるだけだ。今日という日が、どういう形で終わるのか。

白山通りに走る鈴木から、二人はお互いの姿へと視線を移す。

「さてと」

「えっへっへぇ〜〜〜」

読子が気色《きしょく》悪い笑い声を発した。ねねねがうぇ、と眉《まゆ》をしかめる。

「なによ？」

読子はエプロンの裾《すそ》をつまみ、まるでそれがドレスででもあるかのようにポーズを取る。

「本屋さんっぽいですねぇ〜」

「そりゃ、本屋さんのなんだから当然でしょ」

顔立ちや髪形のせいもあるのだが、読子は地味《じみ》な服ほど似合う。特にこういう作業着系の服装を着せると、とても英国のエージェントとは思えない。

「本屋さんの才能がない、つってたくせに」

「言いましたけどぉ。でも、やっぱり嬉《うれ》しいじゃないですか」

ウェディングドレスに憧《あこが》れる少女のように。

読子はにへにへと笑い、自分の姿を見下ろす。ただのエプロンなのに、半日とはいえ〝本屋さん〟になれるのがそれほど嬉しいのか。

「浮かれてないで、仕事よ仕事」

ねねねが身を翻《ひるがえ》し、店の中に戻ろうとする。

「はぁ……でも、なにすればいいんでしょうか？」

ねねねの足が、ぴたっと止まった。


鈴木の言っていた手引き書は、なるほどレジの奥の整理棚にあった。プリントアウトした紙をバインダーで閉じた、簡単なものだ。新しくバイトが入った時に使うのだろう。

棚には他にも、他書店の目録《もくろく》や古書関係の資料などが並んでいる。鈴木の真面目《まじめ》な性格がよくわかる。

読子とねねねは、顔をすりあわせてバインダーを覗《のぞ》き込んだ。

「まずは……お掃除《そうじ》ね」

一日の仕事のタイムテーブル、その最初には『店内の清掃』と書かれている。無難《ぶなん》な出だしといえるだろう。

「こういうのって、開店前にするんじゃないですか？」

本を選んでいる横で掃除をされては、客が気分を害するだろう。それは結果として、店から客を遠ざけることになる。

「今でもいいじゃん。どうせこのとおりだし」

店内は、ものの見事にカラッポだった。二人が鈴木から説明を受けている時に、三組の客が来た。が、レジまで来たのはそのうち一組である。

「これで商売、できてんのかな?」

「ここ、本屋街からはちょっと入ったトコですし。あ、でも遅くまでやってるから、夕方から夜とかは結構お客さん、多いんですよ」

靖国通り方面の古書店は、午後六時から七時ぐらいで閉店するものが多い。授業やバイト帰りの学生やサラリーマンは、実はすずむし書店のように遅くまで営業している店を重宝《ちょうほう》しているのだ。それが、鈴木の営業努力なのである。

「ならやっぱ、今のウチにやっとくべきじゃん」

ねねねは、壁のフックにかけてあったハタキを手に取った。

「ふっふっふ。一度やってみたかったのだ」

ぽんぽんと手に当て、楽しそうに笑う。ねねねはねねねで、この〝本屋さん〟を楽しんでいるようだ。

「あ、先生。ズルいです。それは私がやろうと思ってたのに」

「早い者勝ちよ。あんたはホウキでオモテの掃《は》き掃除《そうじ》。これ、店長代理の決定!」

ハタキの先で、読子をさす。手頃な棒は、わかりやすい権力の象徴だ。

「いつのまに、店長代理に……」

「あたしが提案したんだもん。当然でしょ」

自分はフォローにまわる、というセリフは覚えていないようである。

「さぁさ、動け動け！　オデカケですかレレレのレーと道行くお客様にごアイサツよ！」

「ふぁーい……」

読子はへたへたと、出入口のドアへと向かった。ねねねもレジから出て、

「……………うほん」

一応咳払《せきばら》いなどし、おもむろに棚《たな》の本に向かってハタキを振り下ろす。

「……………」

パタパタパタ。パタパタパタ。パタパタパタパタパタパタパタパタパタパタパタ。

今となってはそう見かける機会もないのだが、本屋さんといえばこのハタキかけを連想する人はまだまだ多い。長時間の立ち読みを、ハタキかけでそれとなく注意された、という記憶がおぼろげに残っているのだろうか。

現在では大半の書店が、コミックスにビニールをかけている。そのせいか、夢中で立ち読みをしている子供を見ることも少なくなった。

遠くない将来、このハタキは本屋さんのイメージ像から消えていくのかもしれない。

パタパタパタパタパタパタパタパタパタ。パタ。

ねねねは五段ほどの本棚《ほんだな》にハタキをかけて、首を鳴らした。

「…………思ったよりつまんないな、コレ」

「くり〜んくり〜んくり〜ん♪」

一方の読子はと言えば、店裏からホウキとチリトリを持ち出して、表を掃《は》いている。エプロンにホウキ、そして店先のお掃除《そうじ》。あまりに平和なシチュエーションに、読子の顔も自然とほころぶ。

「りんりんり〜ん、すずむしすずむしりんりんり〜ん、本の虫ですりんりり〜ん♪」

勝手に店のイメージソングなども作曲して、口ずさむ。まだエプロンを着て一〇分そこらしか経っていないのだが、気分はもう一〇年来《らい》の書店員だ。

その時である。

通りがかった若い男が、店の前で足を止めた。

彼は、店先に置いてあるスタンドから雑誌を抜き取った。本日発売の週刊誌だ。ただし、値段は一〇〇円均一《きんいつ》。ホームレスのおじさん達が駅などで大量に拾って、古書店に売りに来るのである。発売当日なら五〇円で買い取り、一〇〇円で販売する。

「はい」

男は、『週刊コミックハリウッド』を手にして、読子に一〇〇円を突きだした。

「え？　あ、はい」

すずむし書
100
200
いらっしゃいま

ほとんど反射的に読子はそれを受け取る。手の中に、一〇〇円玉の丸い感触が伝わった。

「……………………」

男は雑誌を小脇に抱え、ぶらぶらと歩き出す。

読子はじんわりと感じていた。彼が、最初の客なのだ。

「あ、ありがとうございましたっ！」

思わぬ大声で頭を下げる。男が驚いて、怪訝《けげん》そうに読子を振り返った。

「またのお越しを！　お待ちしてますっ！」

ぶんぶんと、ホウキを振って喜びを表現する。その迫力に、男は逃げるように去っていった。再度来店するかは、難しいところだ。

一〇〇円玉を握って、読子は店内に飛び込んだ。

「先生先生っ！　売れましたっ！」

「なにぃ!?　ちょこざいなっ！」

ねねねはハタキがけにすっかり飽《あ》きて、レジの奥に戻っていた。

「オモテの雑誌が売れたんですよ。……って、なにしてるんです？」

一〇〇円をレジに入れながら、ねねねのほうを見る。

在庫の山が崩《くず》されている。レジの奥に設《もう》けられたスペースは、保管所であると同時に作業所だ。コミックなどを巻数順に並べてセットを作り、まとめてビニールで包装する。ハードカバーの汚れなどをベンジンやシンナーで拭《ふ》き取るなど、裏仕事も多いのだ。

「いやちょっと、『虐《しいた》げられた翼』の下巻を探しとこうと思って」

とりあえず山をどかしているうちに、収拾《しゅうしゅう》がつかなくなってきているのだ。

増えすぎた本の整理は、パズルに似ている。「とりあえずこっちへ」移動しているうちに置き場所が無くなり、足の踏み場が無くなり、自分で自分を本のトーチカに閉じこめる羽目になる。

「鈴木さん、帰ってくるのを待ったほうがいいんじゃないですかぁ?」

「そうみたいかな……」

レジの上には、手引き書が開いて置いてある。そこには、『本を包んでみよう』とイラスト入りの説明が書かれていた。

在庫本を正しく把握《はあく》し、セットが組めそうなものはまとめてビニールをかける。こういった〝まとめ売り〟ができるのが、新刊書店にはない強みである。

読子はねねねを手伝い、えっちらおっちらと本を元の山に戻していく。

「?　先生、筑紫《ちくし》さんの本は?」

筑紫とは、栃木から来る例の客の名前だ。鈴木はあらかじめ、その本だけを封筒に入れて二人に託《たく》していた。

「そのへんにあるでしょ。あたし知らないよ」

「見つかりませんよ!」

すぐに渡せるようにとレジ脇に置いていたのだが、どうやら在庫の束といっしょくたに、山の中へと積み上げてしまったらしい。

「げ。じゃあ、またこの中から探すの？」

ねねねは、ようやく現状復帰した本の壁を見つめる。

「それしかないでしょう。封筒に入ってるから、すぐに見つかりますよ」

「ちょっと休んでからでいい？　手がシビれちゃって」

普段肉体労働に縁のないねねねは、手をぶらぶら振ってアピールする。

「はぁ。でも、筑紫さんがお店にいらっしゃる前に探しましょうね」

体力自体は、読子のほうがある。毎日毎日重い本を抱えて歩き回っているうちに、耐久力《たいきゅうりょく》がついているのだ。

「あっ…………」

レジの向こう側、店内から声が聞こえた。

二人が振り向くと、そこには少年が立っている。初の、店内でのお客様だ。

「いらっしゃいまけっ」

ちょっとした緊張からか、読子が言い間違える。ねねねも愛想笑いを顔に貼り付けて、レジに戻った。

しかし少年のほうは、二人の顔を見比べ、顔を赤くして俯《うつむ》いた。せいぜい中学生だろうか、まだ顔に幼さが残っている。

「あの？」

やがて彼は、意を決したようにレジへ本を置いた。

「…………………」

それは、グラビアアイドルの写真集だった。メリハリのきいたボディーで、扇情的《せんじょう》なポーズを取った写真が表紙に使われている。

軽い沈黙が流れた。

「えっと……」

「二一〇〇円です」

つられて顔を赤くする読子に比べ、ねねねはクールに値札《ねふだ》を読むと、事務的な口調で少年に言ってのけた。

あらかじめ用意していたのだろうか、少年はぴったりの代金をトレイに置き、紙袋に入った写真集を受け取ると、即座に出口へと駆けていった。

「ありがとう、ございました～」

その背に、どうにか読子が声をかける。

「こらっ」

「ふにぁっ。……ひゃんですか」

軽く頬《ほお》をつままれて、読子が情けない声で抗議した。

「ああいうお客さんは、手早く知らんぷりで相手しないと気の毒でしょっ」

「別になにもしてませんが、私……」

思春期《ししゅんき》の少年にとって。

露出度の高い女性の肢体《したい》をどう集めるか、は人生最初の試練である。

なるべく店員が男の店を探し、山とある候補《こうほ》の中から素早く対象を選抜《せんばつ》し、風のように静かにレジに運び、脱兎《だっと》のように店を出る。

この手順を何度も何度もイメージトレーニングして、ようやく書店に向かうのだ。

彼が購入したのは、水着の写真集だ。別に、法的に問題のあるものではない。

だが、普段は鈴木や小日向がレジを務めているこの店で、今日に限って読子とねねねが店番をしている、ということが彼にとって大きなイレギュラーだったのだろう。

最終的には、欲望が羞恥《しゅうち》に勝ったようだが。

「あの年頃の男の子は難しいのよ、うんうん……」

偉そうに目を閉じ、頷《うなず》くねねねであるが、相手を男の子、と括《くく》れるほど本人も大人なわけではない。

女二人がどんな結論を出すにしろ、気の毒だったのは当の少年だ。これに懲《こ》りることなく、正しい収集の道を進んでほしいものである。

午後が進むにつれて、来店する客が増え始めた。

正直、古書店の仕事などヒマだろうとタカをくくっていたフシがあるねねねは、思わぬ忙しさに驚かされた。

接客のみならず、他店からの問い合わせや客の注文など、考えていなかった仕事に直面したのである。

古書店なのだから、基本的には客の注文など聞けるわけはないのだが、常連客には一応〝取り置き〟のようなシステムがあるらしい。勤めの経験が無いねねねと読子は、電話の応対だけで一苦労だった。

そういった煩雑《はんざつ》さにとらわれて、二人はまだ、奥の在庫から本を見つけられずにいる。


「お願いします」

女子大生らしい女性が、一冊の本をレジに持ってきた。

「いらっしゃい……」

何度目かの接客で慣れ始めていたねねねの笑顔が、一瞬止まる。

レジに置かれたのは、『君が僕を知ってる』。ねねねのデビュー作だった。

「……ませ……」

ちら、と彼女の顔を見上げるが、女は特に反応しない。ねねねがこの本の作者本人だとは、気づいていないようだ。

「二一〇〇円です……」

女は硬貨を手渡し、ねねねの顔を見ることなく出口へと向かっていった。

「……………………」

先ほどの新刊書店とは、また違う感情がこみあげてくる。

一度買った本をどうするかは、客の自由だ。ねねね自身も、読まないと判断した本は資源ゴミの日に出したりもしている。

自分が書いた本を「もういらない」と思う読者がいるのも、それは仕方のないことだ。万人の本棚《ほんだな》に残るような本は書けない。書けるはずがないのだ。

だがそれでも、書きたいとは思う。一人でも多くの人に読んでもらえる本を、常に目指したいと思う。その気持ちが無くなったら、それは作家としてお終《しま》いのような気がする。

ねねねは二一〇円をレジにしまい、あの『君が僕を知ってる』をこの店に売った見知らぬ客に闘志を燃やすのだった。

「……今度こそ、あんたの本棚に残ってみせるからね」

「どうせなら、こっちもご一緒にいかがでしょうか」

読子は、一人の客を応対している。

彼は、「『激闘！　地獄高校皆殺し部』のセットない？」と読子に訊《たず》ねてきたのだ。『皆殺し部』は、少年誌に連載されたいわゆる不良マンガである。

全二三巻の揃《そろ》いセットは、棚の上のほうで容易に見つかった。

読子はそこで、純粋な善意から、軽いアドバイスを口にしたのだ。

「これ、続編があるんですよ。本編に登場する神馬《じんば》笛《ぶえ》が主役になって、舞台が炎腭島《えんがく》に移った『死闘！　地獄高校遠泳部』」

どうせ読むならまとめてどうか、と提案したのである。マクドナルドの「ご一緒に、ポテトもいかがでしょうか」の接客方法に似ている。

「いや、でも……『皆殺し』だけでこんなにあるし」

客は、ビニールに包まれたセットを手に苦笑いをしている。

「だけどですね、一気に読めば感動もひとしお。『皆殺し部』のキャラも登場しますし。最後のタイマン渦潮渡《うずしおわた》りは涙なしでは……」

「わかったわかった。……一緒にもらうよ」

読子の熱意に負けたのか、客が頷《うなず》く。

「ありがとうございます！」

読子は隣にあるセットを摑《つか》んで、棚から引き出した。

「……あ。……そういえば、全四巻の外伝、『熱闘！　地獄高校男女交際部』もあるんですが……いかがです？」

確か黄色の封筒だったと思う。

ねねねは積まれた在庫を横から眺め、それらしい本を探していた。

しかし、奥の奥にでも置いてしまったのか、視界に封筒は見つからない。

「ヤバいなぁ……早く探さないと。筑紫さん、来ちゃうよ……」

無くしてしまっては、留守番《るすばん》の意味がない。ねねねは少し、焦《あせ》り始めた。

「先生、先生」

読子がレジからねねねを呼ぶ。

「なに？」

「あれ、なにしてると思いますか？」

「？　万引きでもいるの？」

しぶしぶねねねは、レジへと戻る。読子は視線を外さずに、店の一角を指さす。

そこは、文庫本の並んでいる棚だった。

三〇過ぎだろうか、伸ばしっぱなしの長髪に髭《ひげ》の男が、ぶつぶつとつぶやきながら、棚から本を抜き取っている。

「なにあれ？」

「わかんないんです。さっきからずっとあの調子で……」

二人の声も、つい小さくなる。店内には他に数人の客がいるが、その誰もが彼を遠巻きにして近寄ろうとしない。

男の足下には、たちまち幾《いく》つもの本の山ができた。

「あれ全部、お買い上げしてもらえるんでしょうか？」

読子の楽観論は、すぐに否定された。男は、その山からまた本を戻し始めたのだ。

「なにやってんだ、あいつ?」

眉《まゆ》をしかめるねねねに対して、読子は心当たりがあるかのように口を開けた。

「あ。わかりました。……あの人、本を並べかえてるんですよ」

読子の指摘は当たっていた。男はぶつぶつつぶやき、悩みながら本を差し替えていく。

「……なんでそんなことすんの?」

「……なんか、ガマンできなかったんじゃないでしょうか?」

それにしても、自分の本棚《ほんだな》ならともかく本屋の本を無断で並べ変えるとは尋常《じんじょう》でない。よくよく注意して見ると、目が据わっている。

「ああいうの、よくいるの?」

「いえ……初めて見ました」

同じ古書店に通う者としても、戦慄《せんりつ》を禁じえない。

男の薄気味悪さからか、他の客も眉をひそめている。最初は店員かと思っていたようだが、明らかに違うその空気に気づいたのだ。

「営業妨害《ぼうがい》じゃないの?　ああいうの」

「ですよね。……私、ちょっと行ってきます」

読子はレジから出た。

「例のかめはめ波《は》は、やめとき」

ねねねに忠告され、読子は少し苦笑した。

「あの、お客さま……」

読子は遠慮《えんりょ》がちな声で、男に話しかけた。

「…………………なに？」

男は振り向きもせずに答える。一応、意志の疎通《そつう》は可能なようだ。

「なにをなさってるんでしょうか？」

「…………本の整理」

話しながらも、本を並べる手は休まない。

読子はレジのねねねを見た。ねねねは「ゴー！」と拳《こぶし》を突き出す仕草で返事する。

「お気持ちは有り難いのですが……他のお客様のご迷惑になりますので、控えていただけませんでしょうか？」

来店している中には、文庫に興味のある客もいるだろう。しかし彼の薄気味悪さに、近寄れないのだ。

客たちも、口こそ挟《はさ》まないが読子と男のやり取りを、耳をそばだてて聞いている。

「………………………」

男が黙った。同時に、手も止まった。

「……お客様？」

「……キレイに見えるように、してるんだけど」

ちら、と読子が本棚《ほんだな》を見る。鈴木は本を作者別に並べていたが、この男は出版社別に再構築しているのだ。

文庫の背表紙は、出版社によって異なったデザインが施《ほどこ》されている。それは出版社別に並べれば、パッと見た感じは美しい。しかし、同じ作者の別の著作を欲しがっている客には、却《かえ》ってややこしいというか、まどろっこしい手間が増えることになる。

「あの……私どもには私どもの並べ方がありますので……」

読子のこの一言が、男の態度を豹変《ひょうへん》させた。

「親切で、してやってんじゃないかっ！」

突然の大声に、店にいた全員が振り向く。途中から入ってきた客も、何事かと二人に視線を向ける。

「お客様……？」

「あんたらが、大事に扱わないから、見てられないんじゃないかっ！　本棚は、ちゃんとしてなくちゃ、イヤなんだよっ！」

男は、唾《つば》を飛ばしながら歩み寄ってくる。その迫力に、読子も思わず後ずさる。男の態度は、明らかに常軌《じょうき》を逸《いっ》している。

「落ち着いてください、あの……」

「人の親切にケチつけてないで、働けっ！」

男は、手にしていた文庫本を読子に向かって投げた。本は、読子の胸に当たって、床へと落ちる。それほど勢いは無かったが、角が当たったため、読子は苦しげに胸を押さえる。

「！」

客たちの間から、驚きと非難の息が漏《も》れた。しかし男は、そういった反応も目に入らない様子で、床に積み上げた本の山を蹴《け》り飛ばす。

「このっ！」

「！」

本が床に散らばった。中にはカバーが外れ、剝《む》きだしになったものまである。

「どけゃっ！」

「え？」

その声は、読子の後ろから唐突《とうとつ》に飛んできた。振り向いて確認するよりも早く、読子が脇に身を寄せる。すると、

「ねねね、キィーック！」

甲高《かんだか》いかけ声と共に、ねねねが宙を突き抜けていった。

「先生っ！」

ねねねの靴底《くつぞこ》は、男の腹に突き刺さった。

「ひぐっ！」

威力よりも驚きだろう、衝撃を受けた男は無様にしりもちをつく。

「な、なにするんだ、お客にっ！」

着地したねねねは、男を見下ろすように立ち、きっぱりと言いきる。

「あんたは客じゃないっ！　本も女も身勝手に扱う、ただの乱暴者だっ！」

それ以上の反論は許さない、という口調で断言する。

「そんなに並べたきゃ、おウチの本棚《ほんだな》をいぢくってなさいよっ。他人には他人それぞれの、本への接し方ってもんがあるのよっ。自分の価値観、人に押しつけんなっ！」

男は立ち上がり、どうにか口を開いた。

「あんたらそう言って、自分たちが怠《なま》けてんのを、ごまかそうとするんだっ」

「違いますっ！」

男に反論したのは、読子のほうだった。

「ここの店長さんは、怠けてなんかいませんっ！　いつもお客さんのことと、本のことを考えて努力してるんですっ。著者別に並べてるのだって、同じ作家さんの他の本を読んでもらえるようにって、考えてるからですっ。並べておくだけなら、見栄《みば》えがよくてもいいでしょう、でも手に取ってもらわないと、本は寂しくてしょうがないじゃないですか！」

今日、ここに来た時。客のためにあれほど悩んでいた鈴木を見たからこそ、読子は言わずにはいられない。

「出直してきてください！」

「そうよ！　本だけじゃなく、人間のことも考えてみれっ！」

二人の迫力に、男は身を翻《ひるがえ》した。

「こんな店、二度と来るかっ！」

　という捨てゼリフを残して。

　荒々しくドアが閉められる。りんりんというベルの音が短く響き、すぐに止んだ。

「…………………」

　思わぬアクシデントに、店内は静まり返っている。客たちの視線は、やはり二人に向けられたままだ。

「……お、お騒がせしました！」

　読子は、大きく頭を下げた。ねねねもそれに続く。

「すみません、本を選ぶジャマを……」

　本屋は静謐《せいひつ》をよしとする場所である。そこで言い争いなど、書店員として最もやってはいけないことだ。鈴木にだって迷惑がかかるだろう。

　しかし、深々と下げた二人の頭の上を、予想外の音が走っていった。

「…………え？」

　それは、拍手の音だった。客の一人、中年の男が店の隅《すみ》から拍手をしていた。男の拍手はたちまち店内に広がり、読子とねねねは四方《しほう》から喝采《かっさい》を浴びることになった。

「え？　え？」

　ねねねの跳び蹴《げ》りは多少乱暴であったにせよ、二人の行動は書店のルールを守るためのものだった、と判断されたのである。

今度は気恥《きは》ずかしいものを感じて、二人がぺこぺこと頭を下げた。

「あー……どうも、すみません」

ひとしきり拍手が終わると、客たちはまた本を選び始める。読子とねねねは、男がほったらかしていった文庫本を拾い、棚へと収めていった。もちろん、著者順に。

そんな二人の前に、拍手を始めた男が立った。

「手伝いますよ」

「いえ、結構です。あの……書店員の仕事ですから……」

「まあ、そう言わずに」

ねねねの遠慮《えんりょ》を軽く流し、男は本を詰め始めた。読子には劣《おと》るが、ねねねよりずっと手際《てぎわ》がいい。どれが誰の本か、おおよそは知っているらしい。

ほどなく、棚は元に戻った。

やはり興味があったのか、他の客たちがその前にちらほらと立ち、眺める。

「ありがとうございました……」

「いえ、そんな」

男は四〇代の半ばだろうか、顎《あご》に髭《ひげ》を生やした品のいい紳士だ。古書がよく似合う、知性的な外観を持っていた。

「あ、先生」

整理が終わるのを待っていたのか、レジの前に客が立っている。

「あ。すみません、お待たせしましたっ」

読子がレジへと駆けつける。ねねねは紳士と取り残される形になった。

「あの……なにか本をお探しですか？」

男は微笑しながら、答えた。

「はい。……筑紫と申します」

返答は正しいものではなかったが、ねねねは一秒かけてその意味を吟味《ぎんみ》し、ついつい大声をあげてしまった。

「……あーっ！　すみませんっ！」


筑紫は店の隅に置かれた、椅子《いす》に腰掛けている。

「すみません、すぐに探しだしますので……少しだけ、お待ちください」

ねねねからコーヒーカップを受け取り、筑紫は頷《うなず》いた。

「構《かま》いませんよ。あることがわかってるんでしたら、待つのもまた楽しいものです」

そうは言っても、宅急便が待ちきれなくてわざわざ栃木から上京してきた人だ。それは早く手にしたいに決まっている。

「すぐに、すぐに探しますからっ」

ねねねは一つ頭を下げ、店の奥へと戻っていった。筑紫はコーヒーをすすりながら、店内を見回した。何ヶ月ぶりかで訪れた店内を。

「黄色い封筒なのよぉ。どうして見つからないのっ?・」

「先生が、在庫と一緒にしちゃうからですよう」

読子とねねねは、仕方なく積み上げた山を崩《くず》し始めた。作業スペースの床はたちまち埋まり、身動きが取りにくくなる。

「なによ。あたしのせいだっていうの?・」

「私のせいではないと思うんですが……」

それは確かにそうだ。ねねねはいつもの理《り》不尽《ふじん》な理論で返答してこない。筑紫を待たせていることが、焦りになっているのだろう。

「すみませーん……」

本の山と格闘する二人の背後から、声がかけられる。

「あ、すみません。すぐ行きますっ」

読子が山脈をかきわけて、レジへと戻る。急いでいるとはいえ、他の客の対応をおろそかにするわけにはいかないのだ。

「一二〇〇円です……ありがとうございました」

代金を受け取り、ほうと息をつく。見ると、時計はもう午後五時を回っていた。客の数も、徐々に増えてきている。

「先生。レジ、お願いします。私が探したほうが、たぶんいいかと……」

「う〜〜、わかった。頼む」

読子の提案を、ねねねはあっさりと受け入れた。実際、書店での能力値も経験値も、読子のほうが高い。早く見つけられるのなら、それに越したことはないのだ。

入れ替わりにレジに立つと同時に、新しい客が本を持ってきた。

本は薄利多売《はくりたばい》の商品だ。可能な限りお客さんを捌《さば》かないと、利益は出ない。

「ありがとうございました……」

それにしても。

カウンター側から見る世界は、いつものものとは全然違う。そこは店内を瞬時に把握《はあく》できる場所であり、大袈裟《おおげさ》ではあるが、一つの小宇宙を俯瞰《ふかん》する〝神の視点〟でもある。

ここから見る本は、いつもの「買うために、選ぶもの」から「買われるのを、見守るもの」になる。それゆえに、文庫本の一冊に至るまでが愛《いと》おしい。

ねねねは視線を横にずらした。

椅子《いす》に座った筑紫が、パラパラと本をめくっていた。

「…………………」

他の客がまだ選別中なのを見計らい、ねねねはレジから出た。

「コーヒー、おかわり、いかがです？」

「あ、いえ。結構ですよ」

筑紫は本から顔を上げ、ねねねに軽く頭を下げた。

「すみません、本当に……私の不注意で。……あの、すずむしさんのせいじゃありませんから。苦情は、私におっしゃってください」

読子が聞いたら、どんな顔をするだろうか。今のねねねは、かつて見たことがないほどに殊《しゅ》勝《しょう》で、しおらしい。

筑紫は微笑した。

「あなたたち、おもしろい人ですね」

「はぁ？」

つい顔をあげるねねねである。筑紫はめくっていた本を閉じた。

「いや、失礼。さっき見た時は跳び蹴《げ》りをくらわせていたのに、今は妙にお静かで」

「いえ、まあ、あれは……状況が、特別だったので」

思い出すと、頬《ほお》が赤くなる。自分はそんな性格ではないはずだが。

「つい、興奮しちゃって……お恥ずかしい」

「いや、でも大切なことだと思いますよ。誰かが注意してあげないと。本好きは、人への関わりが希薄になってしまうことがありますから」

棚《たな》に本を戻し、肩の骨を鳴らす。

「……………………あの」

「はい？」

「なにか、特別な価値のある本なんですか？　ご注文いただいたのは？」

二人は、鈴木から書名を聞いていない。封筒も開けていないので、筑紫がこれだけこだわる本がなんなのか、知らないのだ。

「価値は、別に……ただの、個人的な思い入れです」

筑紫はねねねから視線を外し、遠くを見やるような顔をした。

「子供の頃の……友だちにちょっと、縁がある……まあ、他愛《たわい》もない話ですよ」

しかしそれだけで、わざわざ栃木から出向いてくるはずがない。この人には、この人の理由があるのだ。ふと、ねねねはその理由を知りたくなった。

「あの、よかったら……」

「すみません」

タイミング悪く、レジから声がかかった。数冊の本を抱えた学生が、カウンターの前に立っている。

「あ、すみません」

ねねねは筑紫に礼をして、レジへと戻る。頭の中で、既に自分なりの〝筑紫の理由〟を想像しながら。これは、作家としての癖《くせ》なのだ。なにかをとっかかりにして、アイデアを錬《ね》るのがもう、本能になっているのだ。

「ちょっと、ください……」

レジへと帰ってきた読子は、近くのコンビニで買ってきたミネラルウォーターのボトルに口をつけた。

んくんくと嚥下《えんか》して、ズレ落ちかけていたメガネを直す。睡眠不足の波が来たのか、疲れの色が見え始めている。

「だいじょうぶ？　代わろうか？」

ねねねの気遣いに、むしろ驚いた顔を作る読子である。

「平気です。本は、見つからない時は何年探しても見つからないものですが、見つかる時はイヤになるぐらいあっさりと見つかるんですよ」

読子は微笑して、言った。

「あんまりお待たせしちゃ、アレですし……。私も子供の時、隣町の本屋さんから注文してた本が届いたって報せがきて、すぐに自転車こいで取りに行きましたからねぇ……。夜の七時をまわってたんで、母に怒られましたが」

「それはまた、なんでそんなすぐに欲しかったの？」

ねねねの素朴《そぼく》な問いに、微笑が苦笑に変わる。

「一秒でも早く、読みたかったんですねぇ。自転車だったから、さすがにこぎながら読むのはあきらめましたけど。でも、買い物カゴに入れた本の袋を見て、『ああ、家につくまでは死ねないな』って思いましたもん。その時事故で死んだら、思いっきり悔《く》いが残りそうでしたし」

いつもながら、読子の本がらみのエピソードには圧倒させられる。書店員も、そんな決意の女の子が来ると知っていれば、翌日の昼間に電話を延ばしたに違いない。

「さてと……じゃあまた、探します。すみませんが、お店のほうはよろしく」

「まかせて……それと」

ねねねは真面目《まじめ》な顔で、読子を見つめた。

「お願いね」

その視線に包まれたものを、読子はにへら、とした笑みで受け止めて、在庫の山脈に消えていった。


時刻は午後八時をさそうとしている。

しかし、未だ筑紫の本は見つからなかった。

「おかしいですよ、もう動かしたぶんは全部見ましたもん」

「あたしだって、そんなにひっかきまわした覚えはないわよ」

二人は途方に暮れた顔で、本まみれになった作業用スペースを見ている。黄色い封筒など、どこにも見あたらない。

「見つかりませんか……？」

筑紫も、カウンターから店の奥を覗《のぞ》き込む。穏やかだったその顔には、かすかな困惑の波が浮かび始めている。

「す、すみません……お時間、だいじょうぶですか？」

「時間は、別に……それより本の有無《うむ》が」

「あるんです、あるんですよっ。……なのに……」

もどかしさで、ねねねが頭をかきむしる。たかだか何十冊かの本を移動しただけだ。これだけ探して見つからないのは、絶対におかしい。

「………………………」

午後七時すぎをピークにして、客足はまた落ち着きつつある。今、店内には三人の他に二人の客がいるだけだ。

責任を感じたねねねは、読子に小声で話しかけた。

「トト・ブックスの爺《じい》さんに相談できない?」

「……もう寝てると思います。店長、お年寄りですから」

「もうって、八時よ!? ニワトリかっ」

立つのに疲れたか、それとも別の疲労か。筑紫は息をつき、隅《すみ》の椅子《いす》に戻った。

その時だった。

りり、りりんとベルが鳴り、入口のドアが開いた。

「いらっしゃい……」

反射的に振り向いた二人が見たのは、スーツ姿の鈴木だった。

「鈴木さんっ。いい時に帰って……」

救世主を見る目で読子が顔を輝かせたが、鈴木の顔は出ていった時と同じく、曇っている。

しかも彼は、読子に言葉を返すでもなく、後ろを向いた。

「……どうぞ、父さん……」

「父さんは、早いと言ったろう」

鈴木の後ろから入店してきたのは、小柄《こがら》でがっちりとした体格の男だった。入るなり、目をぎょろつかせて店内を観察する。

「失礼しました、島《しま》さん……」

「……ふん、狭苦しい店だな」

さらに二人の後から、女性が姿を現した。

「お父さんったら、失礼よ。お店を見たいって言ったのは、父さんじゃないの。しかもこんな急に……」

その会話に、読子とねねねは顔を見合わせる。

二人は瞬時に事情を飲みこんだ。女は鈴木の恋人、圭子で男はその父に違いない。どうやら食事の後、父親がすずむし書店を急襲してきたのだろう。おそらくは、鈴木のあら探しをするために。なぜなら、鈴木の表情は島との闘いですっかり憔悴《しょうすい》しているからだ。

「並んでる本も品がないな。客のレベルもしれるというもんだ」

「お父さんっ！」

島の口からは、否定的な言葉しか出てこない。父親と婿《むこ》の関係は、良好とはとても言い難い。

その言葉を聞き、ねねねがむっと眉《まゆ》をしかめる。それは、実際に店内にいる筑紫への侮辱《ぶじょく》にならないだろうか。

だがどうやら、島は筑紫に気づいていないようだ。本棚《ほんだな》が壁になり、彼からは筑紫の姿が見えないのである。同様に、落ち込んでいる筑紫も島に気づいていない。

「わしらが学生の頃は、もっと人生に役立つような本を読んでたもんだ」

のしのしと、棚を眺めながら店の奥へと近づいてくる。その尊大な態度に正直、読子もねねもいい印象は持てない。

「太宰《だざい》、三島《みしま》、川端《かわばた》……中上健次《なかがみけんじ》にカフカ、コクトー……それこそが読書というもんだ」

それにしては統一性のないラインナップである。ねねは違和感を覚えたが、とりあえず沈黙を守ることにした。

すぐに三人は、レジの前に到着した。

「ただいま……」

そのまま消え入りそうな、鈴木の声だった。

「おかえりなさい……あの」

筑紫の件を言い出す前に、鈴木が説明を始めた。

「こちら、島さん……。お店が見たいっておっしゃるもんで、ご案内してきた。で、圭子さん……」

圭子が、読子とねねを見つめて頭を下げる。どこかで事情は聞いたのか、初対面の戸惑いは特に見せない。

「で、こっちがアルバイトの読子さんと、菫川さん……」

二人は一応礼を返したが、島は頭を下げようとしなかった。代わりに、店の奥をちらりと見て皮肉を飛ばす。

「店のほうはまあまあでも、奥はひどいもんだ」

「え？　……！」

指摘されて初めて、鈴木は奥の惨状《さんじょう》に気づいたようだった。

「違うんですっ！　こ、これ、私たちが散らかしちゃって、普段はこう、ピシーっと！」

「どうしたんですか？　なにか、あったんですか⁉」

おたおたと、鈴木が読子たちに訊《たず》ねる。ねねねはその前に一歩、進み出た。

「あたしです！　あたしが本探してて、崩《くず》して、ぐちゃぐちゃにしちゃったんです！」

「社員教育がなっとらんな。人を使う器《うつわ》などないんだ」

島の皮肉を、圭子が大声で打ち消した。

「お父さん、いいかげんにしてよっ！」

娘の剣幕《けんまく》に思わず黙る島だったが、鈴木は読子とねねねのほうを向いたままだった。

「ケガは？　崩れてケガとかしなかった？」

「え？　そ、それはだいじょうぶですが……」

ねねねの答えに、鈴木は大きく安堵《あんど》の息をつく。

「よかった。本は片づければ、いいんですから」

本より、人。その優先順位を正しくつけられる鈴木に、こう告げるのは心苦しい。

「いぇっ、それで……この中に、筑紫さんの本が混ざっちゃって……」

「ちくし？」

新たに登場する人名に、島が眉《まゆ》を動かした。

「え？　じゃあ、どうしたんですか？」

「……まだそこで、待っててもらってて……」

ねねねが指さす先を、見る。店の隅《すみ》に置かれた椅子《いす》、そこにはことの流れをぼうっと見つめている筑紫がいた。

「筑紫さんですかっ！　え、じゃあ、まだお渡ししてないんですかっ!?」

「ごめんなさいっ！　すぐ、すぐ探しますっ！」

読子とねねねは、揃《そろ》って頭を下げた。

鈴木はしばらく黙っていたが、がっくりと落ちていた肩を上げて、筑紫に向き直った。

「筑紫さん……たいへんご迷惑をかけました。店員のミスは、店のミスです。今すぐに私も探しますので、どうかお待ちください」

書店員としての決心が、瞳に満ちている。彼は続いて、島へと振り向いた。

「島さん……おっしゃるとおりかもしれません。僕にはまだ、人を使う器などないんでしょう。でも、だからこそ、支えてくれる人が欲しいんです」

それが誰を意味しているかに気づき、圭子が頬《ほお》に手を当てる。

「僕も、僕の店も、まだまだ未熟です。でも」

鈴木の言葉は誠実に響いたが、島は彼を見ていなかった。彼を通して、その向こうに座る筑紫の姿を凝視《ぎようし》していた。

「筑紫……？」

そして筑紫も、また同様だった。信じられない、という表情で島の顔を見つめている。

「島か……？　島卓也《たくや》、か⁉」

「筑紫か⁉」

「島か⁉」

ボリュームの上がる声に、当の二人以外は黙ったままだ。互いの名前を呼び合う彼らを、交互に見つめている。

「三〇年ぶりか……」

懐《なつ》かしさを声にこめる筑紫に比べて、島は
「ふん。もう会うことはないと思ってたがな」

棘《とげ》を隠そうとしない。すぐに顔も背《そむ》けてしまった。

「お父さん……こちらのお客さんと、お知り合いなの？」

全員の疑問を代表して、圭子が島に訊ねる。

「中学生の時のクラスメイトだ。それだけだ」

吐き捨てるような口調に、筑紫が視線を落とす。しかし、お互いの正体に気づいた時の驚きは、それだけの関係とは思えない。

「なんで、こんなとこにいる？」

「……本を、探してたんだ。こちらのお店で……彼が、見つけたって連絡をくれたから」

すっかり話題に取り残されていた鈴木が、慌《あわ》てて頷《うなず》く。

「ヒマな話だな。その歳《とし》でわざわざ出向いて本探しとはな」

島の皮肉にも、筑紫は怒らない。

「おまえは……？　そちらは、娘さんか？」

圭子が慌《あわ》てて礼をする。

「ああ。言うにことかいてこの店主と、結婚したいだと」

「いい話じゃないか。この人は、誠実だぞ」

「おまえは客だからな。口裏でもあわせてるんだろ」

どこまでも逆撫《さかな》でする島の態度に、ねねは思わずカウンターのセロテープを台ごと投げそうになる。

「あわせるヒマなんてないよ。ここに来たのは、今日で二回目なんだから」

「？　おまえ、なに言ってるんだ？　どうしてそれで、誠実だなんてわかる？」

筑紫は店内を眺めて、呟《つぶや》いた。

「わかるさ。この店を見ればな。彼女たちだって真面目《まじめ》に、誠実に対応してくれたぞ」

予想外の展開に動けなかった鈴木が、やっと口を開く。

「し、失礼しましたっ！　今すぐ探しますので、……どうぞ、お話でもっ」

鈴木は慌ててカウンターに回り、在庫の山をひっくり返し始める。もちろん、読子とねねねもそれに続いた。

「私、お茶入れてくる」

圭子は店の奥にあるキッチンに入り、コーヒーのサイフォンに手を伸ばした。手慣れた動きに、島は複雑な感情を抱く。

カウンターの前には、二人の男が取り残された。

「……本って、なんの本を探してるんだ？」

「おまえも、知ってる本だ」

筑紫の答えに、島は不思議そうな顔を作る。

「なんだそれ？　心当たり、ないぞ？」

「かもな。……だがいいんだ。これは俺の、こだわりなんだから」

ぽつぽつと交わされる男たちの会話に対して、読子たちは騒々しい。

「黄色の封筒でいいんですよね、黄色で」

「間違いありません！　で、どこに置いたんですか？」

「それがわかったら、とっくに渡してるって」

ねねねが悲鳴に似た叫びをあげる。三人がかりの捜索《そうさく》で、作業スペースは狭苦しいとこのうえない。山は崩《くず》れ、足の踏み場は無くなり、爆心地のような惨状《さんじょう》だ。

トレイで人数分のコーヒーカップを運んできた圭子は、爪先立《つまさき》ちでそこを横断する。

「ちょ、ちょっと。危ないから、カウンターに置いとくわよっ」

圭子はトレイをレジ横に置き、自らも捜索に加わろうとする。

その視界を、黄色いものが横切った。

「?」

それは、カウンターの下からはみ出ている、黄色い三角形だった。正確に言えば、なにかの端《はし》が覗《のぞ》いているものだった。

「…………………」

身をかがめ、つまんで引きずり出す。なにかの拍子《ひょうし》に落ちて、下に滑りこんだのだろう。それはまぎれもなく、黄色い封筒だった。

「!　あっくん!」

驚きのあまり、〝二人だけの愛称〟で鈴木を呼ぶ。呼ばれた本人のみならず、読子、ねねねが振り向いた。

「あーっ!」

「たいへんに、失礼いたしました……」

埃《ほこり》を払い、鈴木が封筒を筑紫に渡す。筑紫はそれをしみじみと眺め、やがて口を開いた。

「おいくらですか?」

「九〇〇円です」

息をつめて見ていた読子、ねねね、そして圭子が脱力しそうになる。これだけの大騒ぎと、筑紫のこだわり具合にしては、あまりに呆気《あっけ》ない値段だった。

「きゅ、きゅうひゃくえんって……」

「一体、なんの本なんでしょう……？」

事態がどうにか平和に片づきそうで、読子の興味は本へと移っている。ねねねもそれは同様だ。とはいえ、強引にそれを問い質《ただ》すわけにもいかない。

「九〇〇円だ!? いったいどんなゴミ本を探してたんだ!?」

「……………………」

島の嘲笑《ちょうしょう》にも、筑紫は態度を崩《くず》さない。鈴木に千円札を渡し、一〇〇円の釣り銭を受け取ると、おもむろに封筒の口を開け始めた。

「！」

当の筑紫と、鈴木以外の全員がその口に注目した。

筑紫が神保町を探し回り、今日、栃木からかけつけ、五時間もの間待ち続けた末に入手したのは、いったいどんな稀覯本《きこうぼん》なのか？

がさがさという紙の音をファンファーレに、その本が姿を現した。

「！」

少年ジャンプ一九七二年第一一号。

それが、本の正体だった。

「少年……ジャンプ？」

三〇年近く前の、あか抜けないデザインの表紙。まだ『こちら葛飾区亀有公園前派出所』も始まっていない、何世代も前のジャンプ。

国民誌になる前の、猥雑《わいざつ》で激しいエネルギーが、筑紫の手に収まっている。

読子、ねねね、そして圭子は呆気《あっけ》にとられた顔で、彼女たちが生まれる前に発行されたそれを見つめた。

なぜ、ジャンプ？

三人とも、そう思っていた。

しかし、一人だけその姿を見て顔色を変えた者がいた。

島卓也、その人である。

「少年ジャンプ…………」

筑紫は微笑して言った。

「ああ。懐《なつ》かしいだろ」

筑紫と島は、静岡の中学で同級生だった。一年の夏に、筑紫が転校してきたのだ。

東京から転校してきた筑紫は、友人ができずに孤立していた。彼に唯一話しかけてきたのが、島だった。その理由は、彼も学校で孤立していたからである。

野球部に入部した島は、先輩の喫煙《きつえん》を教師に報告して、袋叩《ふくろだた》きにあった。以来、上級生の脅《おど》しもあって、彼に話しかける者はいなくなったのだ。

「なんでだ。自分は間違っていない」

頑《かたく》なに主張する島に、筑紫は訊ねた。どうしてそんなに、自分を貫《つらぬ》けるのか、と。

「これを、読んでるからだ」

島が差し出したのが、少年ジャンプだった。最初、筑紫は呆《あき》れた。マンガではないか。それがどんな理由になるのか。

「読めば、わかる」

島は、ウチに大事に保管していたジャンプを全部、筑紫に貸した。

筑紫はそのすべてを読み、マンガに登場するキャラクターの主張するものにうたれたのである。

「男は、自分が正しいと思ったら、それを最後まで貫《つらぬ》くんだ」

島は純粋な少年だった。野球マンガに憧れて、野球部に入った。だから、その野球部で行われていた間違いが許せなかったのだ。

意固地《いこじ》に取られるかもしれない。

しかし、殴《なぐ》られても無視されても、自分を曲げない島の姿は、確かに格好良かった。

二人は、一冊のジャンプを回し読みするようになった。

奇数号は筑紫が買い、偶数号は島が買う。読み終わったら、島が引き取る。最初、島はそれを遠慮《えんりょ》したが、筑紫が説得した。

島の家は貧乏だったし、筑紫には雑誌を取っておく気がなかった。

なにより、そのジャンプによって筑紫は、島に〝男の授業料〟を払っている気になれたのだった。

二人は屋上で、校舎裏で、自転車の帰り道で、時に互いの家で、ジャンプのマンガについて話しあった。

それは乱暴で、どぎつく、品の無いものだったが。

男として、人間として生きるのになにが必要かを、教えてくれるような気がした。

そしてなによりも、おもしろかった。続きが気になって、夜も眠れない時さえあった。

あの頃、彼らにとって、ジャンプは本にして本でなかった。

九〇円の黄金だったのだ。

しかし、そんな二人にも変化が起きた。

日を経るにして、筑紫には別の友人たちができてきた。

島と過ごす時間は減った。島は自分に厳しいぶん、他人にもそうあることを強要した。

それがいつしか、筑紫には鬱陶《うっとう》しくなってきた。

そして、冬のある日。島が風邪《かぜ》で寝込んでいた時。

筑紫は、少年ジャンプの一一号を買うことを、忘れた。

熱から冷めた島は怒った。なぜ買わなかった。なぜ約束を破ったのか、と。

筑紫はうるさそうに手を振って、言った。

「たかがジャンプじゃないか」

その一言で、島は黙った。

黙り続けた。二度と、筑紫と口を聞くことはなかった。

たかがジャンプ。されどジャンプ。

それ以上のものを失った、と筑紫が気づいたのは。

転校して、進学して、就職して、ずっとずっと、大人になってからのことだった。


あれから、三〇年。

筑紫は少年ジャンプ一一号を手にして、言った。

「……ずっと、考えていた。どうして自分は、子供の頃、なりたかったものになれなかったんだろう、と」

「………………………」

島は、口をつぐんだままだった。

「それはきっと、ジャンプを読まなくなったからだ、と思った」

訥々《とつとつ》と語られる言葉に、全員が聞き入る。

「自分を曲げることを覚え、約束を破ることに慣れ、マンガを〝たかがマンガ〟と笑うようになって、少しずつ、俺たちは間違えてきたんだ」

筑紫の目は、ジャンプから島へと向けられる。

「おまえも、そうなんだろう?」

「…………」

島は答えなかった。答えられなかった、というべきか。

「他のヤツらなんか知らない。……俺たちは、マンガで生き方を教わった。だから、迷った時や、疲れた時は、もう一度マンガから始めたい」

島の目が、一瞬だけジャンプに落とされる。

「友だちと、やりなおせるのなら……こいつを手みやげに、会いたいと思ったんだ」

少年ジャンプが、突き出される。

「…………」

しかし島は、黙ったままだ。目の前にあるジャンプを、受け取ろうとしない。

「…………」

全員が、沈黙した。この異様な緊張を、ただじっと見守っている。

島の手が、ゆっくりと動いた。手のひらが、ジャンプに乗せられる。

しかし次の瞬間、その手はジャンプを床にはたき落としていた。落下音が、大きく大きく店内に響いた。

「お父さんっ！」

圭子が思わず声を出す。しかし、島は視線を逸《そ》らして一言、呟《つぶや》いた。

「……今さら、なんだ……」

「…………………………そうか……」

筑紫が寂しげにジャンプを拾い、カウンターに置く。

「すいませんでした。……わざわざ探していただいたのに……」

鈴木がぶんぶんと首を横に振る。

「い、いいえっ！　でも、あの……」

筑紫はふらっ、と肩を揺らして、レジから離れた。ひたひたと、出口に向かっていく。

「お父さんっ！」

「うるさいっ！」

島は筑紫に背を向けたままだ。二人の距離は一歩、また一歩と離れていく。

その時。読子が動いた。

「先生!?」

ねねねが止める間もなく、島の前に立つ。

「な、なんだ……？」

読子の突飛《とっぴ》な行動に、筑紫が立ち止まり、振り向いた。読子は息を大きく吸い、そして喋《しゃべ》り出した。

「わ、私っ！　通りすがりの本占い師なんですけどっ！」

「本占い師ぃ？」

ねねね以外の全員が、首をかしげる。ねねねはと言えば、顔を手で覆《おお》っていた。

「い、意地っ張りで、でもマジメでっ！　ガンコだけど誠実で、でも勇気が足りないあなた！」

自分のことを言われていると気づき、島がギョロついた目で読子を見る。

「今日はきっと、人生のいろんなことが決まっちゃう日！　ここで間違えたら、一生、後悔《こうかい》するかもしれない日！」

ずい、と顔を島に寄せる。傍若無人《ぼうじゃくぶじん》な島が、初めてたじろいだ。

「そんなあなたが、素直になるための……ラッキーブックは！」

後ろ手に本を摑《つか》み、表紙を島に突きつける。

「少年ジャンプ！」

古くさい紙の匂《にお》いが、島の鼻をくすぐった。若く、青かった少年時代の自分が思い出される。

読子の手も、小さく震えていた。

「幸せへのキーワードは、努力、勝利、それと…………………友情ですっ！」

「…………………」

再度の沈黙が訪れる。

息をするのもためらわれるような、長い長い沈黙だった。

「……ありがとう……」

最初に動いたのは、筑紫である。筑紫はもう一度、店内を見渡して言った。

「……ここは、いい本屋だ……」

ドアに手をかける。すずむし形のベルが鳴ろうとした、その時。

「待て」

島が口を開いた。

筑紫がまた立ち止まる。今度は振り向かず、背中で島の言葉を受ける。

「……こんなとこまで来るほど、ヒマなんだろ？　俺が読み終わったら渡すから、座って待ってろ」

島は顔を真っ赤にして、読子からジャンプを受け取った。

次の瞬間。

前の道を行く人が振り返るほど大きな歓声が、すずむし書店から響いた。

第二話　『少年時代』

俺はあいつが嫌いだったし、あいつも俺を嫌ってると思ってた。

だから、あいつが「寝てみない？」と言ってきた時は、驚いた。

俺もあいつも文無しだった。いや、俺たちの周りにいる連中は皆金が無く、黒社会《くろしゃかい》の下働きでどうにか生きていた。

そう、生きているだけの屑《くず》だった。

俺とあいつは早朝の四時、ボロボロのビルに毛布を持ち込んだ。そんな時間でもなければ、警官が見回りに来ることがあるし、アル中かヤク中がうろついていたからだ。

気の早い鶏《にわとり》が、遠くで鳴いていたのを覚えている。

それともあれは、絞《し》め殺される間際《まぎわ》の断末魔《だんまつま》だったのだろうか。

俺もあいつも初めてだった。

俺はその時一五歳で、あいつは一つ上だった。

出来栄《できば》えはもう、散々だったと言っていい。

暗いビルの中で、俺はどうにかあいつの穴ぐらを探り当てた。興奮よりも、疲労のほうが大きかった。

ようやく穴ぐらにたどりついたら、今度はあいつが「痛い！」とわめき出した。

「おまえが言ったんだろう」

俺はどうにか〝こと〟を終わらせようとしたが、あいつは痛みに怒って俺を殴《なぐ》った。

「へたくそ！」

鼻血があいつの、腹の上に落ちた。

それでもあいつは、やめろとは言わなかった。

ものの数分程度だったと思うが、俺たちはようやく〝こと〟を終えた。

「……………………どいてよ」

あいつは俺を押し退け、立った。あいつの穴ぐらから出た血と、俺が垂らした鼻血が混じって、毛布に黒い染《し》みを作った。

あいつは股《また》の骨が合わさらないような歩き方で窓まで進み、煙草《たばこ》を吸った。

俺は毛布に転がって、まだ身体《からだ》に残る違和感に困惑していた。

「……ひどいもんよね。やっぱりやめるわ」

「なにを？」

あいつはまだ空に残る月に向かって、煙を吐いた。

「明日から、身体を売ろうと思ってたんだけど」

白い煙が月光に照らされ、くっきりと浮かびあがった。

「こんなに痛いんなら、人でも殺したほうがマシよ」

「……なんで、俺に声をかけた？」

煙はすぐに、夜の中に消えていった。

「別に。手頃だったから」

「……凱歌《がいこー》に悪い」

凱歌は、この女を崇拝《すうはい》している男だ。俺の一つ下、一四歳だったと思う。こいつの行く所ならどこでもついて行き、こいつの言うことならなんでも従う。

「そういうのは、やる前に言いなさいよ」

「……そうだな」

しばらく、二人とも黙った。そしてあいつは煙草《たばこ》を窓から捨てた。

「妹さん、なんていったっけ?」

「海媚《ほいめい》だ」

「どう? 少しはよくなった?」

「…………もうすぐ死ぬ」

それは俺の口癖《くちぐせ》だった。海媚のことを訊《たず》ねられる度に、俺はそう答えていた。

海媚は、もう六年も起きたり床についたりを繰り返していた。

「あんた、絶対にそう答えるわね。ひどい兄だわ」

「ほっといてくれ」

あいつは窓の縁に腰掛けた。

「まるで、そう言うことで……」

胸の下の肋骨《ろっこつ》が、白い腹にかすかな陰を作った。その横には、まるで銃で撃たれたような、俺の鼻血が擦《こす》られた跡があった。

「〝ほっといてもこいつは死ぬんだ、他に回ってくれ〟って、死神を追っ払ってるみたい」

俺はあいつ——連蓮《りんりー》が嫌いだった。

あいつは強くて凶暴で美しくて、歯に衣《きぬ》を着せない女だったからだ。

いつも剝《む》きだしの牙で、真実に嚙《か》みついてきたからだ。


魔窟《まくつ》、と称される九龍《クーロン》。

ビルやバラックが積み重なり、迷宮を織《お》りなしているこの一帯は、合法非合法な手段で生きる人間の巣だ。

一角ではドラッグが蔓延《はや》り、暴力が横行し、血と精液が水道水のように垂れ流される。

九七年の本土返還を前に、ここは区域整理を受けることになっている。新たな香港の街として、生まれ変わるらしい。

だがその時。俺たちはどうなるのだろう。

俺たちは、九龍の地下に張られた地下水道の中に住みついている。作業員や、労働者が使用していた部屋に住んでいるのだ。

全部で一〇〇か、二〇〇人ぐらいだと思う。全員が孤児か、親から暴力をふるわれて逃げてきたような、〝ワケアリ〟の連中だ。

不潔で、不摂生《ふせっせい》で、日の当たらない場所。

そこを這《は》い回る俺達は、蛆虫《うじむし》だ。

「兄さん」

部屋に戻ると、海娟がベッドから身を起こした。

「どこに行ってたの？　こんな時間に」

「連蓮と寝てきた」

海娟は、特に驚いた様子もなく言った。

「じゃあ、連蓮と兄さんは結婚するの？」

海娟は一三歳だ。〝寝る〟の意味するものはわかっていた。しかし、すぐにその先にあるものを決めつけるのは問題だった。

「いいや」

俺はシャツとズボンを脱いで、海娟のベッドに入った。

「あいつは俺が嫌いだよ」

「嫌いだったら、寝ないわ」

ベッドの中で、海娟はじっと俺を見据《みす》えた。

「連蓮は、優しい人よ。私、あの人、好きよ」

「会ったことが、あるのか？」

「一度、お金を届けてくれたわ。兄さんが脚を折った時に」

劉《りゅう》の仕事でしくじった時だ。俺は誰が届けたのか、考えもしなかった。誰か下っぱのヤツだろうと決めつけていたのだ。

「連蓮がうちに来てくれると、私、嬉《うれ》しいわ」

「俺はまっぴらだ」

俺は海娟に背を向け、目を瞑《つむ》った。

背中にそっと、海娟が手を当てた。

上の世界はそろそろ夜明けだろうか。しかし、地下水道に無理矢理こしらえたこの部屋は、一日中暗く、一日中寒い。

温もりはわずかな火と、お互いの体温だけだった。


両親は、俺が八歳の時に殺された。

親父《おやじ》は小さな印刷所を経営していた。

絵本やカタログなどを印刷していたが、裏で黒社会《くろしゃかい》から仕事を受けることもあった。そうしなければ、病気の母の治療費が捻出《ねんしゅつ》できなかったからだ。

親父は証券や身分証明書、公的文書の偽造《ぎぞう》印刷を陰で引き受けていた。その仕事をするのは主に夜で、俺は夜になるとやってくる大柄《おおがら》の男たちが恐ろしく、かつ神秘的に思えた。

海外製のスーツに身を包み、弾《はじ》けるほど札の詰まった財布《さいふ》を持つ男たちは、社会の端で生きる俺たちとは違う世界の生き物に見えた。

それが、とある日の夜。

男が、すごい剣幕《けんまく》でやって来た。親父の刷《す》ったパスポートを使ったメンバーが、空港で拘留《こうりゅう》された、と怒鳴《どな》った。

俺と海媚は二階で、息を殺してその会話を聞いていた。

母親が顔を出し、「絶対に下りてくるな」と言った。

親父は男を説得しようとしていた。自分は原版を預かって印刷しただけだ、と。やがて、母親の哀願する声がそれに加わった。

しかし男は、怒りが収まらないようだった。

銃声が一発聞こえ、母親の声が止《や》んだ。次の瞬間、親父が絶叫した。「逃げろ！」そしてまた銃声。今度は何発も聞こえた。親父の声も止んだ。

俺は海媚の手を取り、二階の窓から飛びだそうとした。しかしその時、海媚は枕元に置いていた『宝物が見つからない』という本を取りに戻った。

それは、親父が新しく刷った本で、子供向けの読み物だった。今日の夕方、刷り上がったばかりの本だった。

海媚が本を取った時、男が部屋に入ってきた。俺たちは恐怖に身が凍った。神秘的に見えた男の顔は、鬼のように歪《ゆが》んでいた。

男が引き金を引いた。しかし、弾丸が切れていた。

俺は夢中で海媚を引き寄せ、窓から身を乗りだした。捕まえようとした男の手が、『宝物が見つからない』の最後の数ページを摑《つか》み、破り取った。

窓から屋根を転がり、地面へと落ちた俺たちは、無我夢中《むがむちゅう》で逃げた。狭い路地を、恐怖にかられて走った。

その足は、いつしか九龍の深部へと向かっていた。

廃ビルの間にある、狭い路地に逃げ込んだ。呆《あき》れることに、男はまだ追ってきていた。俺もそうだったが、海娟がもう限界だった。

二人してしゃがみこみ、死を待っていた時だった。

路地にあったくず箱の横から、声がかけられた。

「逃げてんのか?」

そう歳《とし》のかわらない子供が、座っていた。くず箱から探し出したのか、フライドチキンの骨を口にしていた。

俺が頷《うなず》くと、そいつは口の端を歪めて笑った。

「助けてやったら、その女のガキを俺にくれるか?」

口から取り出した骨で、海娟を指した。海娟は怯《おび》え、俺の後ろに隠れた。

「これは妹だ。渡せない……。代わりに、俺の右腕ならどうだ?」

俺の返事に、そいつは眉を動かした。

「そんなもの、役に立たねぇや。……が、おもしれぇ返事だ。助けてやらぁ」

そいつはくず箱をどけた。後ろの壁には、人がくぐれるぐらいの穴が開いていた。

「入れよ」

海娟が、俺のパジャマの裾《すそ》をぐっと握った。

「どこに通じてるんだ?:」

「暗くて臭《くさ》くて汚《きた》ねぇ、……ま、地獄よりちょっとマシ、ぐらいなところだな」

そこがどこにしろ、俺たちに選択肢《し》などなかった。

穴に入ろうと身をかがめた時。そいつの顔が、近づいた。

「俺は白竜《はくりゅう》だ」

「……王炎《おうえん》だ」

「右腕はいらねぇが、恩は返せよ」

白竜はそう言って、また笑った。


ばさっ、と音がした。ベッドから、本――『宝物が見つからない』が落ちた音だった。

俺はシーツから抜け出てそれを拾い、ベッドの中の海娟に渡した。

「ありがとう……」

海娟は、もうボロボロになっているそれを胸に抱えた。

「ねぇ兄さん。テレサは、幸せになると思う?:」

テレサとは、『宝物が見つからない』の主人公だ。幼い頃、両親に捨てられたテレサは大富《だいふ》豪《ごう》に拾われて、養子になる。彼女は結婚式を前に「子供の時に遊んだ玩具《おもちゃ》」「見たことのない青い薔薇《ばら》」「車よりも速く走る馬」などの贈り物をもらうが、心の底から喜ぶことができない。

「胸の中に宝箱があるのだけど、中になにがあるのかわからない」テレサは婚約者と共に、それがなにかを知る旅にでるのだ。

「わからないよ。……俺は読んでないんだから」

あの日、海娟は、親父《おやじ》に貰《もら》ってすぐに『宝物が見つからない』を読んだはずだった。しかし、その夜の出来事があまりに強烈だったためか、本の内容を忘れてしまったのだ。

男は腹いせなのだろう、親父の印刷工場に火をつけていった。だから、『宝物が見つからない』は原稿ともども焼けて無くなった。海娟の持つ、一冊以外は。

「ハッピーエンドが、いいなぁ……」

男が破ったので、最後だけがわからない。結末のない物語を、海娟は何百回、何千回と読み返している。

自分なりに考えた結末を、俺に話すこともある。それは、〝仕事〟が長引いて、一日か二日、家を空けて戻った時だ。俺は疲れた頭で、どうにかそれを最後まで聞く。

ここに来てからすぐ、海娟の体調は悪くなった。環境の変化がそうさせたに違いない。それはわかっていた。だが、ここ以外に俺たちが行く場所なんて、ない。

海娟の症状は、母に似ていた。尿《にょう》が白くなる。熱が何日も続くことがある。ゆっくりと、長い時間をかけて弱っていく。

一度、誘拐《ゆうかい》同然で医者を連れてきた。医者は入院を勧めて、必要な抗生物質《こうせいぶっしつ》のリストをくれただけだった。

入院する大金なんて、あるはずがない。

俺はベッドに戻った。今度は背中を向けることなく、海媚の頭を抱いてやった。

「兄さん。……私、もうすぐ死ぬんだね」

「自分でそう言ってるうちは、大丈夫だ」

海媚はしばらく黙り、小さな小さな声で呟《つぶや》いた。

「……ハッピーエンドが、いいなぁ……」


「なんだと思う？」

白竜が聞いてきた。

「さぁな。俺は、とにかく集められるだけの連中を集めろって言われただけだ」

下水が収束する九龍の地下には、大きなホールがあった。工事の際、資材の搬入《はんにゅう》に使われた場所らしい。

幸いなことに、後からドアがつけられたので、匂《にお》いはそれほどでもない。

俺たちはそこを、集会場として利用していた。派閥《はばつ》はあったが、地下に生きる連中は仲間であり、運命共同体だった。複数人であたる危険な仕事の割り振りなどを、月に一回ほどそこに集まって決めていた。

俺はその日、劉に命じられて仲間をそこに集めた。もっとも、実際に集めたのは白竜のほうだったが。白竜はこの地下で、人望があった。多少身勝手なところはあったが、下の者の面倒見がよかったからだ。

劉はここ数年、勢力を伸ばしてきた〝蛇眼《じゃがん》〟に所属する極道《ごくどう》だった。若い劉は俺たちを使い、クスリの縄張《なわば》りを大きく広げた。

「おい、見ろよ」

ホールの向こうで、連蓮が凱歌を怒鳴《どな》っていた。いつもの光景だ。

「なんだよ？」

「手ぐらい振ってやんねぇのか？」

「なんでだ？」

「別に」

白竜は意味ありげに笑った。俺は時々、こいつはなんでもお見通しなのではないか、と思う時があった。

凱歌は缶ビールを持って、棒のように立っていた。連蓮はその横で椅子《いす》に座っていたが、イライラと脚を小刻みに動かしていた。

知らない者には理解できないだろうが、連蓮と凱歌の仲は長い。白竜が俺を助けたように、連蓮が凱歌を拾ってきた。

凱歌は、もともと政治家の息子だった。いい服を着ていい学校に通っていたが、対立する政治家に父親を殺されて、孤児になった。どことなく、俺たちに似ていた。

凱歌は澄んだ声を持っていて、国選抜の合唱団にも加わっていた。

最初、やつの歌を聞いた時、連蓮は感極まって泣いたそうだ。俺の知る限り、連蓮を泣かせたやつなど他にいなかった。凱歌が虐《しいた》げられても、どことなく余裕《よゆう》があるように見えるのは、そのせいかもしれなかった。

「……………………おい、あれは誰だ？」

俺は連蓮の上に視線を動かした。ホールの上の部分を囲む、通路だった。そこに、見覚えのない女のガキが座っていた。

「？　いや、知らねぇな。誰か拾ってきたのか？」

白竜も首をかしげた。そいつは七、八歳の、幼女と言っていいガキだった。こざっぱりした人民服が、妙に浮いていた。

俺はそのガキを見つめた。ガキは珍しそうにホールの中を眺めていたが、俺と目があうとにこっ、と笑った。

「……揃《そろ》ってるか」

その時。ドアを開けて劉が入ってきた。後ろに若いヤツを二人、従えていた。二人は大きな布製のバッグを両側から持っていた。

全員が起立して劉を迎えた。劉は俺たちの命を握るスポンサーであり、一部の連中はヤツに気に入られて〝蛇眼〟に入ることを夢見ていた。

劉はホールの中央に立ち、言った。

「おまえたちの働きに、俺は常々感謝している」

演説じみた口調だった。

「おかげで、俺は組織の中でもそれなりの立場になってきた。……だから、そのお返しとして、おまえたちに組織に入るチャンスをやりたいと思う」

仲間たちがざわめいた。

「だが、俺たちの世界は弱肉強食の実力社会だ。力と覚悟の無い者は、受け入れることができない。……だから、俺がその器《うつわ》を見極める。……今日は、まず最初の候補者を試したいと思う。おまえたちの中で、最も俺が目をかけている男だ」

何人かが、白竜を見た。白竜も唾《つば》を飲み込んだ。だが、次に劉はこう言った。

「王炎。前に出ろ」

「!?」

どよめきがホールに反響した。俺は白竜の顔を見た。

「行ってこいよ」

白竜は笑って、俺の肩を叩いた。俺はそれに押されるように、のろのろとホールの真ん中に出ていった。視線の隅で、連蓮が皮肉な笑みを浮かべているのが見えた。

「劉さん、俺……」

俺は劉と向かいあった。

「王炎。おまえは優れた人材だ。俺はおまえを引き上げたい。だがそのためには、おまえを試さなければならないんだ」

劉は、手を上げて後ろの男二人に合図した。二人は、バッグを俺の前に運んで、口を開いた。そこから出てきたモノを見て、俺は息が止まった。

人間だった。

後ろ手に縛《しば》られ、口にはガムテープを貼られていた。目は目隠しで隠されている。ここに来るまでに殴《なぐ》られ、蹴《け》られたのだろう。スーツには血の染《し》みがつき、所々見える肌には青痣《あおあざ》があった。

「ずいぶん、手間取ったんだ」

劉が、男の目隠しを取った。怯《おび》えきった目が現れた。

俺はその目を知っていた。忘れるはずがなかった。その男は、俺達の親を殺した、あの男だった。鬼のようだった顔が、今は恐怖にひきつれていた。

ふつふつと、俺の中でなにかが騒ぎ始めた。

事情を知らない連中は、興味深そうな顔で俺を見ていた。

「この男は、王炎の親の仇《かたき》だ」

ぞぞ、と仲間たちがざわめいた。俺の背中も同じだった。

「……王炎。ものごとには順序がある。地べたの下から這《は》い上がる者は、まず影の中に出る。日の当たる場所はその後だ。だが、そこまでたどり着くには、尋常《じんじょう》でない決意と、覚悟と、信念が必要だ……」

劉は銃を取り出し、俺に握らせた。

「俺にそれを、見せてくれ」

言わんとしていることは明らかだった。銃はずっしりと重く、冷たく、硬かったが、不思議と手に馴染《なじ》んだ。

俺は男を見た。名も知らない男。俺と海媚の人生を、変えた男。

「…………………………」

白竜が、連蓮が、凱歌も俺を見ていた。連中にしても、人を殺した、という話は聞いたことが無かった。

冷たいはずの空気が、粘着質《ねんちゃくしつ》な熱気に変わっていた。全員が、俺の行動を見つめていた。

俺は銃を上げて、男の頭に狙いを定めた。

「！！！！！！！！！」

男は首を振り、這って逃げようとした。劉がそれを蹴《け》り飛ばした。男は苦悶《くもん》し、その場で転がった。

〝殺せ！　殺せ！　殺せ！　殺せ！〟

そんな声が、聞こえた気がした。実際には誰も、口を開いていなかった。固唾《かたず》をのんで、この成り行きを見ていた。

「！！！！！！！！」

男が目を閉じた。あんたが破った、あのページ。結局、あの話は、ハッピーエンドだったのか？　それとも……。

俺はゆっくりと引き金を引いた。びっくりするぐらい大きな銃声がした。

ホールに木霊《こだま》した音が消えた時。

みんなが騒いでいた。歓声なのか、非難なのか、俺には区別がつかなかった。ぼんやりとした耳に、劉の声が聞こえた。

「よくやった。褒美《ほうび》に、その銃はくれてやろう」

俺はなぜか、あの女のガキを探した。しかしその姿はどこにも、見つからなかった。


その夜。俺はなるべく音を立てないように、ベッドに潜り込んだ。

「……寒いの、兄さん?」

海娟がぴったりと寄りつき、そう訊《たず》ねてきた。

「……いいや。なんでだ?」

「震えてるから……」

俺は全身の震えを止められなかった。海娟はぽつりと言った。

「兄さん……煙の匂《にお》いがする……」


劉に呼び出されたのは、それから一週間ほど過ぎてのことだった。

見たこともないような、豪勢なレストランに招待された。テーブルの上には、信じられない数の料理が並んだ。俺は何品かをテイクアウトできるように頼みこんだ。

「俺はおまえを買っている」

食後、茶を口にしながら劉が言った。

「劉さん。……それはとても感謝してます。だけど……」

俺たちが警察に行けなかったのは、あの男の顔を見ていたからだった。保護を求めれば、ヤツはどんな手を使っても〝目撃者〟を消そうとしただろう。

その心配が無くなった。俺は近々警察に出頭し、海媚をどこかの医者に見せたいと思っていた。

そんなことを話すと、劉は皮肉に目を細めた。

「それで、どうなる?」

「どうなるって……」

劉は茶碗《ちゃわん》をテーブルに置いた。

「極道《ごくどう》の下働きをしていたおまえは刑務所行きだ。妹だって、満足な治療は受けられない。治ったとしても、社会には適応できない。親族もいないおまえたちが、幸福になる道はない」

「…………………」

俺は言い返せなかった。ただ俯《うつむ》くことしか、できなかった。

「あるとすれば、俺の言うことを聞くことだ。俺の話に乗れば、妹の面倒も見てやる」

俺は顔をあげた。劉が笑みを浮かべていた。

劉の話はこうだった。

近く、九龍の区画整理が始まる。乱雑に建てられたビルや建物は壊される。

当然、そこに住んでいた人々はねぐらを失う。俺たちのような、下水道で暮らしているガキたちも同様だ。

一応、国は仮設住居を用意しているが、その数は圧倒的に少ない。加えて、政府の保護も得られなかったガキが何百人と出てくれば、莫大《ばくだい》な手間と予算がかかり、世論も厳しく問題を追求してくるだろう。

誰かが、それを整理しなければならない。

その仕事を請け負ったのが、劉だった。存在しないはずのものは、存在しなかったことにすればいいのだ。

地下に住む連中を同じ日、同じ時に一つの廃《はい》ビルに集める。そのビルで偶然、火事が起きる。消防車は道路のトラブルで到着が大幅に遅れる。ビルは、〝中身もろとも〟全焼する。しかし不幸中の幸い、それは、取り壊し予定が決まっていたビルだ。廃ビルなので被害者もいない。予想外の火事で事件は片づけられる。

そして、本来孤児の保護にまわされる予定だった金は〝有意義な〟場所へと向かう。

「……俺に、仲間を、そのビルに集めろというんですか……？」

声も顔も、震えていたに違いない。

「今のおまえは、人望がある。疑われることはないだろう」

ホールでの一件以来、確かに連中の俺を見る目は変わっていた。どこかに憧憬《しょうけい》のようなものが混じっていることは、自分でもわかった。

「でもあいつらは……仲間です……」

劉はタバコを取り出して、言った。

「王炎。仲間なんてものは、どこででも作れる。この仕事を終えたら、おまえと妹には最高の環境を用意してやる。食事に、マンションに、清潔な服だ。そこで、新しい仲間を作ればいいだろう」

取り巻きの男が、劉のタバコに火を点けた。

「第一、ここまで聞いて断れると思ってるのか?」


部屋に帰ると、海娟が吐いていた。

食い物ではなく、血だった。

俺はすぐさま劉のもとに電話をかけて、泣きながら仕事を引き受け、救急車を回してくれるように頼んだ。

せっかく持ち帰った料理は、誰の口に入ることもなく、捨てられた。


それからまた、数日後の夜。

俺は一人、下水道のホールに立っていた。

ここから数ブロック離れた場所に、蛇眼の持つ廃ビルがある。

仲間たちは皆、そこに集まっていた。「俺の〝蛇眼〟入りを、劉さんが祝ってくれる」そう告げると、腹をすかせた仲間たちは疑うこともなく向かっていった。

海娼は、劉の息がかかった病院に入院していた。体調は、おもわしくない。

「…………………………」

あと十何分もすれば、ビルに火が点けられる。仲間たちは皆、この世から消えるのだ。どのみち、こんな世界で生きていてもろくなことはない。俺たちはクズだ。遅かれ早かれ、まとめて燃やされる運命だったのだ。

俺は、ホールの真ん中についた染みを見つめた。あの男を撃った時の、血の跡だった。

俺は既に人殺しだった。これ以上、何人殺そうが同じことだ。

自分にそう、言い聞かせていた時。

「それでいいの？」

背中から声がかけられた。振り向くと、そこにはあのガキが立っていた。

「なんだ、おまえ……？」

ガキは、まっすぐに俺の瞳を見つめてきた。幼児とは思えない、強い視線だった。

「今ならまだまにあうよ」

俺の事情を見透かしているような言葉だった。俺は驚き、身をすくませた。

「なんのことだ？　だいたい……」

「ごまかせないよ」

ガキは、俺の言葉をはねつけた。どういうことだ？　どこかから情報が漏《も》れたのか⁉

「なにをごまかすっていうんだ。俺はただ、劉の言うことを聞いてるだけだ」

「それで、なにかいいことがあるっていうの？」

俺はいつしか、大声を張り上げていた。

「……金がもらえる。妹も、医者にかけられる。こんなクソ蔵から出ていける。……万々歳《ばんばんざい》じゃないか！　なんの文句があるっていうんだ！」

ガキは俺を見つめたまま、静かに口を開いた。

「いろんなものが手に入るかもしれない。でもあんたは、今日から卑怯者《ひきょうもの》になるのよ」

「！」

ガキの言葉は、俺の胸の中心に刺さった。

「罪は償《つぐな》える。でも卑怯者には贖罪《しょくざい》すら許されない。一生、自分を苦しめることになる」

ガキは身を翻《ひるがえ》し、そこから出ていった。

俺は一人、取り残された。

一人。たった一人で。このじめじめとした地下の穴ぐらに。

「……………………ちくしょう！」

俺は走り出していた。泣き崩《くず》れる時間さえなかったからだ。

息を切らせて走った。心臓が爆発しそうだった。脚は棒になった。

これほど走ったのは、あの夜。海娟を連れて逃げた時以来だった。白竜たちに、初めて会った夜以来だった。

その甲斐《かい》あって、どうにか燃えだす前にビルに到着した。

俺はビルの中に飛び込んだ。

もとはホテルだったらしい。ロビーに連中は集まっていた。俺の姿を見て、白竜たちが寄ってきた。

「どういうことだ、王炎？　劉さんもおまえもいねぇし、準備らしいものもなにもねぇんだ」

俺はその場にヒザをついて、どうにか心臓を落ち着かせながら言った。

「逃げろ……」

「なに？　なに言ってるの？」

連蓮が、耳を近づけてきた。俺はこの女が嫌いだった。だから、幽霊《ゆうれい》になって取り憑《つ》かれるのはまっぴらだった。なんとしても、逃がさないと。

「逃げろ！　罠《わな》だ！」

俺は声の限りに叫んだ。


ビルが燃え始めたのは、全員が逃げ出して四分後だった。計画通りの行動だった。

俺と白竜、連蓮と凱歌は、離れた路地からそれを見つめていた。

「信じられねぇ……劉が……」

白竜の顔は、驚きに染められていた。その下からすぐ、怒りが覗《のぞ》いた。

「最初から変だと思ってたのよ」

連蓮の表情も険しい。凱歌はただ静かに、次第に大きくなっていく炎を見つめていた。

他の連中は、散り散りに逃がした。固まっていると劉の標的になる恐れがあった。

「すまない。……俺は裏切り者だ……」

俺の言葉に、白竜と凱歌は顔を見合わせた。

「おまえのオトシマエは、後だ。……問題は、これからどうするかだな」

「家には戻れないわね。新しいねぐらを探すしかないわ」

俺は、ふらふらと歩き出した。

「！　王炎、どこ行く！　逃げる気か！」

逃げるつもりはなかった。しかし、俺には行かなければならない場所があった。


その夜は、あまりに多くのことがありすぎたため、記憶が混迷《こんめい》している。

だから、どうやって病院にたどり着いたのかは覚えていない。

ただ記憶にあるのは、病室に着いた時。

海娟はもう殺されていた、ということだ。

劉の行動は素早かった。ビルの中に誰もいないと気づいて、すぐに手下を走らせたのだろう。あるいは俺もここで殺すつもりだったのだろうが、死体が思ったより早く見つかったため、病院は騒動になっていた。

俺が見たのは、胸に血の花を咲かせて運ばれていく海娟の死体だった。

俺はのろのろと病室に入り、ベッドの上に置かれた『宝物が見つからない』を手に取った。

まだ海娟の温もりが残っているような気がした。

海娟はもういない。俺を慕《した》った妹は、肉塊《にくかい》と化した。病より早く、凶弾に倒れた。地下のクソ蔵で何年も暮らし、冷たい病室で死んだ。

ハッピーエンドなんてものは、この世にない。

俺は、燃えさかるビルに戻ってきた。

予定通り、消防車は到着していない。ビルは火柱になって、夜の中にそびえ立っていた。

周囲の住人はとうに避難していた。

白竜たちは、近くの空《あ》きビルに隠れていた。様子を見に劉が戻ってきたら、その場で殺すつもりだったのだ。

俺は約束通り、連中のところに帰ってきた。俺の持っている『宝物が見つからない』を見て、連蓮が顔色を変えた。

「……妹さん……」

俺は無言で頷《うなず》いた。想像していたよりずっと、連蓮が悲しそうな顔をしたのが意外だった。

白竜と凱歌も、無言で俺を見ていた。

俺はどうにか、卑怯者《ひきょうもの》にならずにすんだ。だが、その代償《だいしょう》はあまりに大きかった。

これから先、喪失《そうしつ》感に耐えられるとは思えなかった。

だから俺は、次に為すべきことを決めた。まったく、あの夜は本当に大忙しだった。


俺たちは、燃えさかるビルのすぐ隣のビルへと移った。九龍のビルは隣接して建っている。火の壁はまさに目前で、肌に熱風と火の粉《こ》が吹き寄せた。

俺は『宝物が見つからない』を高く掲《かか》げ、火の中へと投げ入れた。それで、俺の少年時代はすべて終わった。なにもかもが、俺の手から無くなった。

俺の手にあるのは、一丁の銃だけだった。皮肉にも、劉から与えられたものだった。

「白竜……悪いが、俺はやり残したことがある」

火に炙《あぶ》られながら、白竜は笑った。

「つきあうぜ。……今だから言えるがな。俺は最初に会った時から、海娟に惚《ほ》れてたんだ」

珍しく静かに、連蓮が言った。

「あたしは、あんたが大嫌いよ。……その理由はね。あんな可愛《かわい》い妹を、あんな寂しいところにいさせたからよ。……家に行った時。あんたの話ばかり聞かされたわ。……こんな死に方をしていい子じゃないはずよ」

頰《ほお》を擦《こす》ったのは、涙でも滲《にじ》んだのか、火の粉でも散ったのか。

「凱歌。あんたも来るのよ」

凱歌は無言で頷《うなず》き、それから口を開いた。

劫火《ごうか》の中に、美しい旋律《せんりつ》が溶《と》けていった。凱歌が、歌っていたのだ。

海媚への挽歌《ばんか》を。


それからのことは、本当に夢のようだった。

俺たちは、集められただけの銃やナイフで武装して、劉の事務所を襲った。

まさか俺たちのようなガキが逆襲してくるとは思わなかったのだろう、事務所は最初、大混乱になった。

俺は二人を撃ち殺した。白竜も一人、撃ったと言っている。連蓮は一人の喉《のど》を、ナイフで裂《さ》いた。凱歌は誰も殺せなかった。ただ、連蓮を襲おうとする極道《ごくどう》にしがみついて邪魔《じゃま》をした。凱歌がいなければ、連蓮は殺されていただろう。

しかし、なにしろ俺たちはガキで、クズで、相手はプロだった。襲撃の波はあっという間に鎮《しず》められ、俺たちは骨を折られ、縛《しば》りあげられた。

怒りよりも、驚いた顔で劉が俺を見ていた。

「いい度胸してるな。ガキが、たった四人で殴《なぐ》り込みか？」

俺は下から、劉を見ていた。眼を逸《そ》らすことなく、まっすぐに。

「……王炎。俺はおまえを気に入ってたんだ。本当だぜ」

「劉。俺はずっと、あんたの顔が靴《くつ》の裏に似てる、と思ってたよ」

白竜と連蓮が、声をあげて笑った。劉の建前《たてまえ》が、剝《は》がれて落ちた。

「……おまえは、契約に違反した。だから、俺たちは面倒な殺しまでしなきゃならなくなったんだ」

白竜、連蓮の笑いが止《や》んだ。

「おまえ！　まさか、俺たちの仲間を⁉」

劉が楽しそうに笑って、言った。

「見つけ次第に、殺してる。……いいか、ガキども。おまえたちに生きる権利なんか、最初からありゃしないんだ。いや、それだけじゃない。おまえたちはなにも持ってやしない。クソ水の中をはいずり回るゴミだ。なにも持ってやしない者は、死んでるのと同じなんだよ」

白竜が怒りに歯を鳴らしていた。

「これから、おまえたちを順に殺していく。内臓はおまえらの故郷、下水に流してやる。頭は街角に一つずつ立てる。身体《からだ》はそうだな、犬にでも喰わせるか」

劉の視線が連蓮に、その身体に向けられた。

「おまえだけは、殺す前に特別サービスがある」

「クソとやってろ！　舌嚙《か》んで死んでやる！」

連蓮が唾《つば》を飛ばし、凱歌が激しく暴れた。劉は、顔についた連蓮の唾を拭《ぬぐ》い取り、俺へと向き直った。

「いいことを教えてやろう。おまえの親父《おやじ》が作ったパスポート、あれを空港に密告したのは、この俺だ」

「！」

「親父さんを殺した男、あいつの組織は蛇眼と敵対してたんでな。連中をかき回すのが、手っ取り早い手柄《てがら》だったんだ」

「劉！」

俺は劉に食いつこうとして、頬《ほお》を叩かれた。あまりの強さに目眩《めまい》がした。劉は、俺が持ってきた銃を拾い、弾倉《だんそう》を確認した。

「妹はな、撃たれる前にお祈りをしてたぜ。度胸の据わったヤツだった」

「！　殺す！　殺してやる！」

「王炎！」

白竜が、俺を押し止《とど》めようと身体をぶつけてきた。しかし俺は、渾身《こんしん》の力で劉に迫っていた。銃口に、死の入口に、自分から近づいていた。

「妹によろしくな、王炎」

劉が俺の名を言い終える前に。

ドアを蹴《け》り破って、嵐が飛び込んできた。

「!?」

それは、功夫《クンフー》着を着たあのガキだった。

「なんだ⁉」

全員が、呆気《あっけ》にとられた。ガキは、トンボを切って部屋の中央に置かれた机に立ち、周囲を見回した。

「……悪いけど。あんたたちはもう、殺していいね？」

「なんだ、このガキ⁉」

劉が、ガキに向けて発砲した。その弾丸が空間を突き抜けるより早く、ガキは劉に接近していた。かがめた身から、下顎《したあご》に向けて掌《てのひら》を突き上げる。劉の顎は、鼻を隠すほどにまでめりこんだ。

「ひっ、ひぃっ⁉」

部下たちが、怯《おび》えてガキに銃を向けた。発射された弾丸はすべて、もはや遺体になった劉に当たった。ガキは、机の陰に飛んで隠れて回り込み、部下の腕をへし折って銃を身体に押し当て、引き金を〝引かせた〟。

わずか十数秒。殺戮《さつりく》の旋風《せんぷう》は、呆然《ぼうぜん》とする俺たちの前を吹き荒れ、止まった。

「ふうっ……」

額《ひたい》にわずかに浮いた汗を拭《ぬぐ》って、ガキは俺たちの前に立った。

「だいじょうぶ？」

「おまえは一体……なんなんだ……？」

ガキは、俺たちを縛《しば》ったロープを切りながら言った。

「バケモノよ」


そいつは語った。

自分は、遙《はる》か太古《たいこ》から生きている者だと。

かつて権勢争いに破れ、つい最近まで中国の山奥に潜《ひそ》んでいた。

まもなく寿命《じゆみよう》も尽きる。だがその前に、エネルギーを凝縮《ぎようしゆく》し、こんな姿で世に降りてきた。

世界は変わり、澱《よど》んでいた。生命はその意味を失い、人間の誇りは汚《けが》され、文明は一方向のみに奇形的な成長を遂《と》げ、大意から外れている。

それはすべて、そいつと同じく〝太古から生きている者〟の仕業《しわざ》らしい。

そいつはもう一度、戦うことを決意した。

そのために、仲間を集めている。大陸のあちこちを飛び回り、メガネにかないそうな人間を探している、と。

信じられる話じゃない。誇大妄想《こだいもうそう》か、三文小説のプロットだ。

「別に、信じなくてもいいわ」

そいつはあっさりと言った。

「でもね。世界が腐り始めてるのは事実よ。あんたたちはそれにたかってる蛆《うじ》」

連蓮が、きつい視線をガキに飛ばした。

「どうせ人間、最後は死ぬのよ。あんたたちだって今日だけで二、三回は死んだんでしょ?」

うんうん頷《うなず》く凱歌を、連蓮が睨《にら》んだ。

「死ぬんだったら、あたしんトコで死なない？　あんたたち蛆を、龍に変えてみせるわ」

ガキの瞳は真剣だった。無邪気《むじゃき》、といってもよかった。

その曇りのない眼に、俺は惹《ひ》かれてしまったのだ。後から聞いたら、白竜もそうだった。

「なにができるんだ、俺たちに？」

困惑する俺の手を、ガキが握った。

「なんだって、できるわ」

その手の温もりは、海媚にどこか似ていた。

白竜が、その上に自分の手を置いた。

「乗ったぜ。……どうせこのままじゃ、行く所も死に場所もないんだ」

連蓮が、しぶしぶといった顔で手を乗せた。

「つきあうわよ。正直、まだまだ暴れたりないしね」

連蓮の手に、凱歌が自分のそれを重ねた。特に言葉はないが、頬《ほお》を赤くした。

「決まりね」

ガキは、嬉《うれ》しそうに笑った。

「……で、あんたのことは、なんて呼べばいい？」

白竜の質問に、ガキは少し考えて、答えた。

「おばあちゃんって、呼んで」

一九九七年、七月一日。夜。

香港の街は、返還イベントで沸き返っていた。

花火と紙吹雪《かみふぶき》と歓声が乱れ飛ぶ街並みを遠くに、俺たちは船の上にいた。

九龍湾の少し沖《おき》だ。灯を消して、見つからないようにさらなる沖を目指す。

「ジャッキーにリー・リンチェイ、サモ・ハン・キンポーにユン・ピョウ、ドニー・イェンにチャウ・シンチーだぜ！　ああっ、見てぇなぁ！」

白竜が、悔《くや》しそうな声を漏《も》らす。

「ブルース・リー師父がいなけりゃ、意味ないわ」

連蓮がそれに答えた。煙草《たばこ》の煙が、海の上に漂っていった。

今日から香港は中国領に戻った。その記念イベントに、香港のアクションスターが集まっていた。白竜が悔しがるのも無理はない豪華な顔ぶれだ。

俺たちは香港での修業を終え、中国へ渡ろうとしている。

おばあちゃんの指導が、いよいよ本格的になるのだ。

俺たちはそれで、常人とかけ離れた力を得ることができるという。だが同時に、もう二度と普通の人生には戻れないという。

全員、もう覚悟は決まっていた。

一人なら容易《たやす》く折れるだろう。だが四人いれば、確かになにかができそうな気がする。

俺は、ゆっくりと遠ざかる香港の夜景を眺めた。

香港の夜景は美しい。

だがその下には、とてつもない闇がある。闇が、光を際《きわ》だたせているのだ。

それに気づかない者は、いつか闇に引き込まれる。

「………………………………」

俺は少し、昔のことを思い出していた。

連蓮が、煙草を消した。

「海娟のことを、思い出す？」

凱歌と白竜も、俺を見た。

俺は夜景を見つめたままで、答えた。

「……いいや、忘れる。忘れていく。俺の心になんかいたら、海娟が可哀想《かわいそう》だ」

海娟。俺の妹。その姿が、夜景に被《かぶ》さった。ぼんやりと、揺れている。

「……海娟は消えていくんだ。……寂しくはないだろう。昨日までの香港が一緒だから」

海娟の幻《まぼろし》は、やがてまばゆいばかりの光に溶けていった。

俺はこれから闇になる。おまえを輝かせるために。

白竜たちも、それぞれの思いを抱えて香港を見つめている。しばしの別れを告げている。

俺たちを乗せた船は、スピードを上げた。

風の向こうで、故郷がまた少し遠くなった。

エピローグ

夜九時をまわる頃。

神保町《じんぼうちょう》は、昼の喧噪《けんそう》が嘘《うそ》のように静かになる。飲食店の少ない街並みは、夜の闇を深く取り込んで、落ち着いた空気に満ちるのだ。

そんな通りを、ぽてぽてと二人の女が並んで歩いている。

読子《よみこ》・リードマンと菫川《すみれがわ》ねねである。

すずむし書店でのバイトを終えた二人は、読子ビルへの帰途《きと》にあった。

二人の顔が少し赤らんで見えるのは、初夏の夜気のせいではない。

先ほど、書店で遭遇《そうぐう》した一大ドラマに興奮しているのだ。

「……感動的、でしたねぇ……」

読子はまだ目を潤《うる》ませている。筑紫《ちくし》と島《しま》が和解して、彼女は泣きどおしだったのだ。

「どうです？　本占いって役に立つじゃありませんか」

和解のきっかけを作ったのが自分だということもあり、より強い感情移入をしているのだろう。

「……いや、それはそうだけど……」

　比べて、ねねねのほうは微妙にクールだ。

「普通、ある？　三〇年探してた本がやっと見つかったって思ったら、その現場に昔の友だちが居合わせるなんて」

「美しい偶然じゃないですか」

「ご都合主義、つうのよ。私らの間じゃ」

　作家として、自分がでっくわした事件に今ひとつリアリティが感じられないのだ。

「こんなプロット書いてったら、イッパツでボツよ、ボツ」

「先生」

　読子が立ち止まった。

「なに？」

　読子はそのまま、空を見上げる。

「星。キレイですよ」

　神保町の暗い街は、初夏の星空を鮮やかに際《きわ》だたせていた。

「だから、なんなのよ？」

「星がいっぱいあって、人がいっぱいいて。こんな宇宙って、誰が作ったんでしょうね？」

　唐突《とうとつ》な質問が、ねねねを惑わせる。

「さあ？　神様じゃないの？」

「神様だとしたら、たいへんですよね。私たちはこんなにいっぱいいて、わーきゃーわーきゃー騒いで、走り回って、悲しんだり喜んだり……」

「なにが言いたいの、あんた？」

読子はねねねを見て、にっこりと笑った。

「私、思うんです。本はきっと、人間が自分でも小さな奇蹟《きせき》を起こせるように、神様がくれたモノなんですよ」

「…………………………」

「今日のことだって、本があったから起きた奇蹟じゃないですか。神様は今日、ちょっと他のことで忙しかったんですね」

ねねねはつい、笑ってしまった。

「本気ぃ？　恥ずかしいヤツぅ……」

「失礼なっ。私は本気です」

歩き出した読子は、そのままねねねを追い抜いて進む。

「……だって、本があったから、先生と知り合えたんだし……」

小声で聞こえたセリフに、ねねねの笑いは苦笑に変わった。脚を早めて追いつき、読子の腕に組み下がる。

「うりゃっ」

「ひゃっ」

　二人はいつしか、白山《はくさん》通りと靖国《やすくに》通りが交わる交差点まで歩いていた。

「……だとしたら、ここは奇蹟の街ね。本だらけだもん」

「そりゃぁ、〃神保町〃ですもん。神様がたてこもってる町なんですよ」

「なにしてんのよ、たてこもって」

「……やっぱり、本読んでるんじゃないですか?」

「あんたじゃあるまいし」

　二人は横断歩道を渡りながら、ケラケラと笑った。

「でも、鈴木《すずき》さん。この後が大変ですねぇ。結局圭子《けいこ》さんとのどーのこーのは、お父さん、許したわけでもないみたいだし」

「なんとかなるんじゃない? ああいうオッちゃんは、一カ所崩《くず》れると脆《もろ》いし」

　偉そうに分析《ぶんせき》などするねねねである。

「時々顔出して、情報聞いといてよ。ねっ」

「はぁ……」

　喋《しゃべ》りながらすずらん通りの入口に差し掛かった時。ねねねが突然声をあげた。

「あーっ!」

「どうしました?」

「資料本、結局探せなかった!」

「あらまぁ」

忙しさと筑紫の本にかまけて、肝心《かんじん》の『虐《しいた》げられた翼　下巻』を探すのを忘れていた。これではなんのために行ったのか、わからない。

「しかも上巻まで忘れてきたっ！　どうりで身軽だと思ったら！」

「うかつさんですねぇ」

「むかーっ！　あんたに言われると通常の三倍ムカつくなっ！」

読子は両手を前に出し、防御《ぼうぎょ》の姿勢を取りながら答える。

「ど、どうします？　引き返しますか？」

しかしねねねの怒りは、みるみるうちに萎《しぼ》んでいった。

「やめ。明日にしよ。明日また行って、情報を聞きだそう」

「それもまあ、楽しいですね」

ねねねはびしっ、と読子に指を突きつけた。

「だから、今日はあんたントコ泊まるから。ヨロシク！」

「え？　ええっ!?　そうなんですかぁ？」

「よし、決定！　まずは戻って銭湯《せんとう》行くぞ、銭湯！」

ねねねは手を突き上げて、元気よくすずらん通りを歩いていく。

読子は肩を落として、その後に続くのだった。

ぶり返してきた睡眠不足と疲労を感じながら。

ねねねが巻き起こす、今晩の大騒ぎを予測して。

「あ〜〜〜〜〜。私はもう死んでます〜〜〜〜〜…………」

（つづく）

あとがき

七巻です。外伝です。

いや決して本編の続きを思いつけなかったワケではなく。

ここんトコ飛んだり跳ねたり走ったり転んだりしてばっかの読子《よみこ》を、久しぶりに思いっきり本と戯《たわむ》れさせてやりたいものだと思った次第でございまして。

やはりこの作品の原点は〝本〟。

人は本を前にして、なにをするのか？　どんなことを考えてしまうのか？　人間にとって本とはなんなのか？　本にとって人間とは？　本と人間の正しい未来は？　とかそういうコトをダラダラねちねちと考えていくのがソモソモのメイン・テーマ。

クライマックスに向けて更にアクション風味が強くなる前に、ゆるりと本との蜜月《みつげつ》を描いておきたかったのですよ、いやマジマジ。

ほら、『熱笑！　花沢高校』でも北大阪の虎との決戦前夜に、黒いゲリラがおウチに帰って家族との団欒《だんらん》を楽しむじゃありませんか。あんな感じ。知りませんか。

まあそんなこんなで、今回は神保町《じんぼうちょう》で読子とねねねがてれてれと本買ったり一日書店員になったりの、非アクションノベルになったのでございます。

念のために書いておきますが、本物の神田《かんだ》古書センターの地下には秘密の本屋さんなんてありません。無いと思います。でもあったらいいなぁ。


で、もう一篇は読仙社《どくせんしゃ》側、四天王《してんのう》の過去に触れる内容となっています。自分で読み返してみても、あまりのカラーの違いにちょっと驚きましたが。

たぶん、プロットを作る前に『チング』を見たのが原因かと。あと『男たちの挽歌《ばんか》』。『スリーパーズ』。『グッドフェローズ』。わかりやすい私。

サブキャラはサイドストーリーが作りやすくて楽しいですな、うむ。


そしてまたまた今回も、スケジュール面で関係者の皆様に多大なご迷惑をかけてしまいました。今日が何月何日かなんて、ちょっと怖くて書けませんが。

イラストの羽音さん、スケジュール管理の長井さん、編集部の丸宝さん、ほかの皆様にこの場を借りて心からのお詫《わ》びを。どうもすみませんでした。

とか毎回毎回言ってるような気もしますが。そろそろ本当にちゃんとしようよ、自分。もう三四歳なんだし。

それはそれとして『R.O.D』、TVアニメのほうも動いたりしてますな。ていうか私今脚本を書いているのですが。

一度脚本家としての引退宣言をしておきながら、その言葉を翻《ひるがえ》すというのは男として非常にみっともないものだと思いますが、まあ他のどなたにもまかせる気になれませんし。なにより自分が一番書きたいものですから。

みっともなくても一本一本、誠実に書いていきたいと思います。

内容のほうは、えーと。新キャラいっぱい出ます。出なかった人も出ます。まあ、お祭りのようなものなので。出せるだけ出したいと思います。

情報については、ウルトラジャンプかアニメ誌か、ソニーさんのＨＰで。


さて次巻は。

ええ、今度こそ続きを。クライマックスに向けて。

でもまたイキナリなんかのＤＶＤ観て、ソッチ方面に内容が引っ張られちゃったりして。

『奥様は極道』（韓国映画）とか。いやいやそんなことは。


そんなふうにならないよう、星に願いをかけながら、またアナタが行きつけの本屋さんにてお会いしましょう。平積みの本の上から二番目を取っているのが俺だっ！

あ、いかん。モー娘。にハマったことを書くの忘れた！　な

倉田英之

R.O.D.　第七巻
READ OR DIE　YOMIKO READMAN “THE PAPER”

倉田英之
スタジオオルフェ

集英社スーパーダッシュ文庫

2002年12月30日　第 1 刷発行
2016年 8 月28日　第 7 刷発行

★定価はカバーに表示してあります

発行者　鈴木晴彦
発行所　株式会社　集英社
〒101-8050　東京都千代田区一ツ橋 2-5-10
03(3239)5263(編集)
03(3230)6393(販売)・03(3230)6080(読者係)
印刷所　株式会社美松堂／中央精版印刷株式会社

ISBN978-4-08-630105-9 C0193

第一巻

大英図書館の特殊工作員・読子は本を愛する愛書狂。作家ねねねの危機を救う！

第二巻

影の支配者ジェントルメンはなぜか読子に否定的。世界最大の書店で事件が勃発！

第三巻

読子、ねねね、大英図書館の新人司書ウェンディ。一冊の本をめぐるオムニバス。

第四巻

ジェントルメンから読子へ指令が。“グーテンベルク・ペーパー”争奪戦開幕！

第五巻

中国・読仙社に英国女王が誘拐された。交換条件はグーテンベルク・ペーパー!?

第六巻

グーテンベルク・ペーパーが読仙社の手に。劣勢の読子らは中国へと乗り込む！

第七巻

ファン必読。読子のプライベートな姿を記した『紙福の日々』ほか外伝短編集！

第八巻

読仙社に囚われた読子の前に頭首「おばあちゃん」と親衛隊・五鎮姉妹が登場！

第九巻

読仙社に向け、ジェントルメンの反撃開始。一方読子は両者の和解を目指すが…。

第十巻

今回読子に届いた任務は超文系女子高への潜入。読子が女子高生に!?興奮の外伝！

第十一巻

“約束の地”でついにジェントルメンとチャイナが再会。そこに現れたのは……!?

第十二巻

ジェントルメンとチャイナの死闘が続く約束の地に、読子が到着。東西紙対決は最高潮に！

R.O.D シリーズ
READ OR DIE
YOMIKO READMAN "THE PAPER"
倉田英之
スタジオオルフェ
イラスト／羽音たらく
大英図書館特殊工作部のエージェント
読子・リードマンの紙活劇《ペーパー・アクション》！
シリーズ完結に向けて再起動!!
スーパーダッシュ

ダッシュエックス文庫

六花の勇者1
〈スーパーダッシュ文庫刊〉
山形石雄
イラスト／宮城

六花の勇者2
〈スーパーダッシュ文庫刊〉
山形石雄
イラスト／宮城

六花の勇者3
〈スーパーダッシュ文庫刊〉
山形石雄
イラスト／宮城

六花の勇者4
〈スーパーダッシュ文庫刊〉
山形石雄
イラスト／宮城

魔王を封じる「六花の勇者」に選ばれ、約束の地へと向かったアドレット。しかし、集まった勇者はなぜか七人。一人は敵の疑いが!?

疑心暗鬼は拭えぬまま魔哭領の奥へ進む六花の勇者たち。そこへ凶魔をたばねる3体のひとつ、テグネウが現れ襲撃の事実を明かす…。

魔哭領を進む途中、ゴルドフが「姫を助けに行く」と告げ姿を消した。さらにテグネウが再び現れ、凶魔の内紛について語り出し…。

「七人目」に関する重大な手掛かり「黒の徒花《あだばな》」の正体を暴こうとするアドレット。だが今度はロロニアが疑惑を生む言動を始めて…!?